공연예술신서 • 48

# 이爾

## 김태웅 희곡집 1

눈앞에 엄연히 있던 것들, 손으로 만져지고,
눈앞에서 웃고 떠들고, 싸우고 사무치던
살뜰한 것들은 죽어 다 어디로 간 것일까?
영원히, 다시는 돌아올 수 없는, 억겁이 지나도
다시는, 다시는 돌아올 수 없는, 그리하여 나는,
지금 이렇게 말하는 나는 더 이상, 영원히 없는,
저 어둠 속으로……. 아니면 내 기억 속으로…….

"바보! 젖 주랴? 바보 같으니.
잊어. 다 잊어. 잊음으로 기억해.
그럼 아프지 않을 거야."
"나 아침에 일어나
살아 있다는 것 때문에
아무것도 할 수 없었어.
일어나 내 손을 보는데
불연 듯 눈물이 흘렀어.
다 무너졌어. 다 타버렸어.
꽃들도 말을 않고 새들도
울지 않아. 모든 것이 공.
죽어지면 푸른 산에 한 줌 흙."

연산 : 김내하 / 녹수 : 진경

미욱한 이놈 전하의 종입니다.
전하가 기꺼워 하는 것이 옳음이며
전하가 저어하는 것이 거짓입니다.
전하는 이놈의 주인입니다.
전하가 이놈 버리시면 이놈 죽사옵니다.
도리 없이 죽사옵니다.

연산 : 김내하 / 공길 : 오만석

"아 누가 아니래, 밑에 있는 것들이 다 그렇잖아."
"길고 푸른 물 장녹수에서 허구헌 날 헤엄쳐 다니는 오리들이 뭔지 아나?"
"뭔데?"
"탐관오리!"
"얼씨구! 자네 말이 맞네. 그 장녹수를 뺀질나게 건너다니는 배가 있어요.
그 배 이름이 간신배야. 그 배 사공이 형판 윤지상이잖아."

下) 우인 : 이재훈, 문정수

"길아, 뜨자. 이건 아니야. 장 바닥에 나가 빌어먹어도 할 말은 하고 살자.
피죽을 먹어도 줏대는 있어야지."
"세상은 줏대 갖고 사는 게 아니야."
"노리개밖에 안돼."
"생각하기 나름이고 살아야 돼 어떻게든."

장생 : 이승훈 / 공길 : 오만석

"뭐야? 어떤 놈이 이런 언문을 써?"
"어떤 년인지 놈인지 아주 도배를 해놨어."
"내 이놈을 잡아 삼족을 멸하리라. 여봐라.
당장 사대문을 닫아 걸어 놈이 도망 못 가게 조처하고
장안 오부를 살살이 뒤져
이 언문을 쓴 죄인을 잡아들여라."

연산 : 전수환 / 녹수 : 하지혜

잃을 게 없어? 내 니놈을 죽이기 전에
어둠 속에서 헤매게 해주마.
여봐라. 저놈의 눈. 저놈의 눈깔을 뽑아
개에게 던져 줘라.
니놈에겐 죽음마저 과분하다.

장생 : 이승훈

"아, 이거봐 어디 있어? 나 여기 있고 너 거기 있어?"
"아, 나 여기 있고 너 거기 있지."
"아이고 반갑네."
"아 이거봐! 나 여기 있고 너 거기 없어?"
"아, 나 여기 있고 너 거기 없다니까."
"그럼, 자네가 이 소리 듣고 이리로 오면 되겠구만."
"그러면 되겠구만. 어디야, 어디?"
"여기 여기 여기……."

上) 공길 : 김호영 / 장생 : 이승훈  |  中) 봉봉사(공길) : 김호영 / 강봉사 : 구자승

인생 한바탕 꿈! 그 꿈이 왜 이리 아프기만 한 것이냐?
자, 반겨줄 이 이제 아무도 없으니
나를 빨리 저 어둠 속으로 데려 가다오.
탕진과 소진만이 나였으니
나를 어서. 한때 깜빡였던 불길로.
바람 앞에 촛불이로. 다 탄 불길이로.
연기같이 사라질 불꽃이로. 다 탔구나! 다-아.

연산 - 전수환 / 공길 : 김호영

공연예술신서 • 48

# 이爾

## 김태웅 희곡집 1

평민사

# 머리말

사람은 산에 올라 높아지고
물은 밑으로 흘러 낮아지네
호수는 산을 품고
하늘을 담은 너-어

 

희곡은 무대에서 완성된다. 그러므로 희곡은 공연이 끝나고 제 모습을 지닐 수 있다. 여기 실린 두 편의 희곡은 배우들의 숨결을 통해 공간에 조각되었던 기억을 내장하고 있다. 내 의식이 빚지고 있는 모든 것들에게 이 희곡집을 바친다. 무엇보다 같이했던 배우들과 그리고 이루 헤아릴 수 없는 관객들의 시선에게 이 희곡집을 바친다. 시선에 빚지는 일은 어떤 우주에 빚지는 일이기도 하다. 그들 시선 속에 만물은 투영되고, 그들 시선 속에 영혼이 깃든다.

# 차 례

# 이爾

**나오는 사람들**

공길

장생

연산

녹수

홍내관

정판수

윤지상

박원종

우인(優人)들

그외(반정군, 나인, 호위대, 대신 등)

**때**

연산군조

**공간**

궁궐

## 《작가 Note》

이 작품은 허구이다. 연산군조의 역사, 인물들을 작품을 위해 변형했음을 밝혀둔다. 작품 제목으로 쓰인 '이(爾)'는 왕이 신하를 높혀 부르던 호칭 중 하나다.

중심인물로 등장하는 공길과 장생은 소위 '경중우인(京中優人)'이라 불린 사람들로 서울에 거주하며 왕이나 종실 사람들을 위한 잔치에 불려 다녔던 예인들이다. 이들이 놀던 놀이를 '소학지희(笑謔之戱)'라 하는데, 소학지희는 재담이나 음담패설, 성대모사, 흉내내기를 통해 웃음을 유발시키는 놀이로 소품이나 연극적 장치들을 적극 활용했던 것으로 보인다. '소학지희'와 '경중우인'에 대한 자세한 내용은 사진실 선생의 『한국연극사』(태학사, 1997) II장과 전경욱 선생의 『한국의 가면극 ― 그 역사와 원리』(열화당, 1998)를 참조하기 바란다. '이(爾)'는 두 분 연구에서 많은 도움을 받았다. 극 중 장님놀이에 사용되는 일부 대사는 윤영선의 희곡 'Kiss'에서 빌려왔음을 밝혀둔다.

# 1. 벽사의식

우인들이 거대한 방상시 가면을 쓰고, 손에는 버들가지를 들고 등장해서 벽사의식(辟邪儀式)을 치른다.

**웃음소리** 이희희(爾戲戲), 이희(爾戲), 희(戲), 이요이(爾耀爾)······.

# 2. 노을

노을 녘. 제단(祭壇).

상복을 입고 있는 연산, 폐비 윤씨의 피 묻은 한삼(汗衫)을 들고 나와 제단 앞에 자리를 잡는다. 연산, 한삼을 내려놓고 절한다.

**연산**     어머니! 내가 다 죽였습니다. 무오년에도, 갑자년에도 내가 죄 죽였습니다. 말 많은 사림잡배, 어머니 원혼 구천에 잡아맨 연놈들. (종이로 된 죽은 대신들의 인형을 태우며) 김일손, 김굉필, 권경유, 정인지, 정창손, 이세좌, 이극균…… (한삼을 만지며) 어머니를 업수이 여긴 할마 기집과 엄, 정 두 기집이 어머니를 국모의 자리에서 내몰고 그도 모자라 아비 성종을 시켜 사약을 내려 피를 게우며 죽게 하니 그 한이 어떠했겠습니까? 나를 낳은 기쁨도 잠시, 이름도 얻지 못한 무덤 속에서 또 얼마나 울었습니까? (사이) 어머니, 이제 한 푸시고 편히 쉬세요.

연산, 폐비 윤씨의 피 묻은 한삼을 태운다.

**연산**    (다 타자) 어머니!

사이.

연산, 타버린 한삼의 재를 만진다.

**연산**    눈앞에 엄연히 있던 것들, 손으로 만져지고, 눈앞에서 웃고 떠들고, 싸우고 사무치던 살된 것들은 죽어 다 어디로 간 것일까? 영원히, 다시는 돌아올 수 없는, 억겁이 지나도 다시는, 다시는 돌아올 수 없는, 그리하여 나는, 지금 이렇게 말하는 나는 더 이상, 영원히 없는, 저 어둠 속으로……. 아니면 내 기억 속으로…….

임신한 녹수, 등장한다.

**녹수**    바보! 젖 주랴? (연산이 쓰고 있는 굴건을 벗기며) 바보 같으니. 잊어. 다 잊어. 잊음으로 기억해. 그럼 아프지 않을 거야.

**연산**    나 아침에 일어나 살아 있다는 것 때문에 아무것도 할 수 없었어. 일어나 내 손을 보는데 불연 듯 눈물이 흘렀어. 다 무너졌어. 다 타버렸어. 꽃들도 말을 않고 새들도 울지 않아. 모든 것이 공. 죽어지면 푸른 산에 한 줌 흙.

**녹 수** (연산의 손을 자기 배로 가져가며) 해도, 아기는 태어나고 무덤에도 꽃은 피고.

**연 산** 형상을 지닌 모든 한갓된 것들은 왜 나를 아프게 하는 걸까? (만지며) 이 이쁜 입술 어디 가나? 요 이쁜 가슴 어디 가나? 이 배 속에 든 내 씨는 어디 가나? 어디? (녹수의 무릎을 베고 누워) 인생 한 번 가는 구름

**녹 수** 구름은 집을 짓고

**연 산** 한 때의 노을

**녹 수** 노을 속에 꽃바람

**연 산** (녹수의 얼굴을 만지며) 한 떨기 꽃

**녹 수** 꽃이 있어 나비는 날고

**연 산** (일어나며) 봄날의 아지랑이

**녹 수** (눈가리개로 연산의 눈을 가리며) 아지랑이 속 내 님의 숨결


녹수, 연산에게 입맞춤하고 도망간다.


**연 산** (잡으려고 돌아다니며) 녹수야, 너 그거 아니? 니 젖 때문에 내 살 마음이 생기는 걸! 녹수야, 젖을 다오. 우리 엄마

　　　　젖을 다오. 니 속에 든 서글픈 씨가 빨 젖을 다오.

**녹　수**　(도망 다니며) 다 잊고 놀자.

**연　산**　담 쌓고 놀자.

**녹　수**　불 끄고 놀자.

**연　산**　문 닫고 놀자.


　　　　소쩍새의 울음소리.

# 3. 버들가지

밤. 연산의 거처.

연산, 버들가지로 공길의 등을 때린다.

공길, 눈가리개로 눈을 가리고 있다.

다른 방에서 녹수는 출산을 하고 있다.

**연산**  슬픔처럼 잡스러운 것이 없을 게다. 헌데 길아 나는 어이해 이리 서럽기만 하냐? 이(爾), 말해라. 아프다고, 제발 그만두라고 말해보란 말이다. 어서!!

연산, 공길을 때린다.

공길, 신음한다. 녹수, 신음한다.

**공 길**  마마, 마마가 들어옵니다. 내 살이 패이고 찢길 때, 마마가 내 속에 들어옵니다. 전 마마를 느낍니다. 더 세게 치세요.

**연 산**  더 세게? 나를 기억하려고, 나를 잊지 않으려고 이 모양이지? 그래, 이(爾), 너는 즐기는 게지? 넌 내가 때리는 것을 즐기는 게지? 니가 아파하면 나도 아파할까봐 가 만있는 게지? 가만있으면 나는 니가 이 짓을 좋아한다 고 생각한단 말이다. 그리고 나도 이 짓을 이렇게 좋아 하게 되고. 그래서, 너를 찾게 된단 말이다. (때리며) 이렇 게 자꾸, 더럽게, 추하게. 아프다고, 그만두라고 소리쳐 보란 말이다. 어서. 어서!

연산은 버들가지를 집어던진다.
다른 방에서는 녹수가 신음을 하다가 애를 낳는다.
아기의 울음소리.

**연 산**    제발 아프다고 말해. 이(爾), 너도 아픈 게지? 나처럼 아 프지?

**공 길**    (눈가리개를 풀며) 미욱한 이놈 전하의 종입니다. 전하가 기꺼워 하는 것이 옳음이며 전하가 저어하는 것이 거짓 입니다. 전하는 이놈의 주인입니다. 전하가 이놈 버리 시면 이놈 죽사옵니다. 도리 없이 죽사옵니다.

**연 산**    니가 없으면 난, 난 무엇이냐? (공길에게 다가가 옷을 입혀주 며) 미안하다. 길아. (사이) 무엇을 줄까? 땅을 줄까? 집을

15

줄까? 말해봐.

**공길**    소인 미천한 우인입니다. 무엇을 바라겠습니까? 그저 질펀하게 놀다가 살고지면 그뿐입죠. 허나, 소원을 말하라면 없지는 않습니다.

**연산**    소원이 있어? 말해 보아라.

**공길**    마마도 알다시피, 우인들은 금부의 관리를 받아 판을 열고 있습니다. 그러다보니 괜시리 죄인처럼 주눅이 들고 놀아도 흥이 안 납니다. 미천한 소인의 생각입니다만 우인들의 거처를 궐 안에 두시고 따로 관리하는 게 어떻겠는지요?

**연산**    궐 안에 두고 따로 관리한다? (사이) 못할 게 뭐냐? 흥청도 있는데. 궐 안에 기집들만 있어서야 어디 놀 맛이 나겠느냐? 그래, 뭐라 이름 할까? (사이) 놀 희(戱)에 즐길 락(樂) 희락원이 어떠냐?

**공길**    희락원! 이는 이름 없는 꽃이 그 이름을 받아 고개를 드는 것 같습니다. 꽃이 이름을 부르고 이름이 꽃을 부르는 듯합니다.

**연산**    좋다. 좋아. 희락원이 생기면 궐 안이 아주 웃음바다가 되겠구나. 하하하. 여봐라. (궁녀, 비단도포를 가지고 들어온다. 비단도포를 펼치며) 입어 보아라. 내 선물이다.

**공길**    어찌, 저같이 천한 놈에게. 마마, 가당치 않습니다.

**연산**    괜찮다. 니가 도포 입고 거들먹거리는 양반보다 못할 게 무엇이냐? (공길, 주저하자) 어허, 팔 떨어진다. 어서!

공길, 도포를 입고 좋아한다.

**연산**    그렇게 좋으냐? 복색이 사람을 만든다고 하더니 이를 보고 하는 소리구나. 그 도포에 맞는 자리가 있어야지. 길아, 니가 희락원 수장, 대봉이 되어라. 내 너를 희락원 대봉에 봉하겠다.

**공길**    (부복하여 감동의 눈물을 흘리며) 마마!! 이놈 분칠하고 싼 웃음이나 파는 천한 놈입니다. 이놈 매품 팔다 피떡이 돼 까무라쳐도 밥 한 끼 던져 주면 그게 좋아 실없이 웃던 놈입니다. 죽지 못해 차마 웃던 놈입니다. 그런 놈에게 어찌…….

**연산**    괜찮다. 일어나라.

**공길**    마마, 거두어 주십시오.

**연산**    일어나래도. (일으켜 세우며) 내 슬픔을 걷어다오.

**공길**    마마!! (사이) 슬픔은 이제 이놈의 몫입니다. 이놈, 조선 팔도 재주 있는 놈들 죄 모아다가 전하를 자나깨나 즐

겁게 해드리겠습니다.

**연산**    그래 알았다.

**공길**    마마, 이제 상복을 벗으십시오.

**연산**    (상복을 벗으며) 이(爾), 니놈은 본시 여자도 아닌 것이 여자이고

**공길**    부끄럽고 수줍고

**연산**    때론 앙탈도 부릴까

**공길**    때론 앙탈도 부리고

**연산**    때론 눈물도 흘리고

**공길**    때론 서글퍼 꺽꺽 울기도 하고


공길, 웃는다.


**연산**    때론 턱없이 헤헤 웃는구나. 그것이로? 이(爾), 너는 정히 그것이로? (사이) 길아, 이상하지? 돌아서면 이내 니가 사무치니. 길아, 이리 와 나를 안아라.


공길, 연산을 안는다.

애를 안은 녹수와 홍 내관, 들어오다가 이 장면을 지켜본다.

# 4. 소학지희 1 (진상놀이)

희락원 마당.

우인들, 나와 땅재주를 부리기도 하고 우스꽝스런 춤을 추기도 한다.

**우인1** 다음은 진상(進上)놀이다. 이가야!

**우인2** 왜 나가야? (우인1에게 다가간다. 만나자) 왜 부르고 지랄
이야?

**우인1** 그냥 한번 불러봤어. (우인2에 기댔다가 미끄러진다) 너
궐에 들어와 잘 먹어서 그런지 개기름이 그냥! 우리가
희락원에 들어온 지 얼마나 됐지?

**우인2** 반년이 넘었지. 자네, 얼마 전에 집에 다녀왔다며? 밖
에 나가보니 백성들은 잘 지내던가?

**우인1** 잘 지내긴? 가뜩이나 희뿌 연산을 길고 푸른 물 장녹
수가 (우인2의 눈을 가리며) 이렇게 푹 감싸고 있으니 백
성 사는 게 보이겠나?

**우인2** 쉿! 입 조심해 이 사람아. 김가가 입 한번 잘못 놀렸다
가 죽었잖아.

**우인1**  왜?

**우인2**  김가가 궁궐에 다리 보수작업 들어갔어요. 작업 도중에 "어이 여기 망치 좀 가지고 와!"

**우인1**  "망치 좀 가지고 와!"

**우인2**  장 목수!(사이) 아니 발음 새는 게 죽을 일이냐구?

**우인1**  아 누가 아니래. 밑에 있는 것들이 다 그렇잖아. 길고 푸른 물 장녹수에서 허구헌 날 헤엄쳐 다니는 오리들이 뭔지 아나?

**우인2**  뭔데?

**우인1**  탐관오리!

**우인2**  얼씨구! 자네 말이 맞네. 그 장녹수를 뻗질나게 건너 다니는 배가 있어요. 그 배 이름이 간신배야. 그 배 사공이 형판 윤지상이잖아.

**우인1**  그 형판 윤지상이가 왔다 갔다 하는 뱃삯으로 (엄지와 검지로 엽전 모양을 만들며) 이걸 그렇게 챙긴다는구만.

**우인2**  이것도 이거지만 (검지를 우인1이 만든 엽전 구멍에 넣었다 뺐다가 하며) 이걸 그렇게 밝힌대요.

**우인1**  이게 뭔가?(새끼 손가락을 구멍에 집어넣으며) 요거지.

**우인2**  (새끼손가락을 보이며) 뭐 이런 아픔에도 불구하고 형판 윤지상이한테 예쁜 첩들이 그렇게 많대요. 자기네 문

중 산속에다 그 예쁜 첩들을 그냥 쫙 …… 풀어 놓고
심심하면 공복에 한번씩 올라가 회포를 푼다고 하는
구만.

**우인1**  그래서 이런 말이 생겼구나!

**우인2**  무슨 말?

**우인1**  첩첩산중!

**우인2**  (우인1의 배를 때리며) 이런 익살과 해학 덩어리!

**우인1**  우리 형판 윤지상이가 얼마나 받아 처먹었는지 한번
씹어볼까?


우인들, 흥겹게 춤을 추다가 윤지상이를 씹는다.


**우인3**  자. 내가 한번 받아보지.

**우인4**  그렇다면! 내가 한번 바쳐보지.


둘이 악에 맞춰서 춤을 추다가 자리를 잡는다.


**우인4**  마님. 금부에 당상관 자리가 났다고 하던데 제 남편
좀.

**우인3**  …….

**우인4**    기다려보이소.

우인5가 나와서 악에 맞춰 엉덩이를 복숭아처럼 만들어 춤을
춘다.

**우인3**    저것이 무엇이냐?

**우인4**    저것은 한입만 베어 물면 상판대기에 주름이 확 핀다
는 천년 묵은 천도복숭아 아잉교?

**우인들**   주렁주렁! 주렁주렁!

**우인4**    한입 드시지요.

**우인3**    주름? 아니. 내 상판대기 어디에 주름이 있다고 그러
시오? 이런 감감한 사람같으니라고. 당신 앞날이 감감
하구려.

**우인4**    아! 감(柑)이예? 진작에 말씀을 하시지. 기다려보이소.

박수 치면 우인5가 배를 동그랗게 말아서 배춤을 춘다.

**우인3**    저것은 또 무엇이냐?

**우인4**    저것으로 말씀드리자면 한입만 베어 물어도 상판대기
에 웃음꽃이 쌔리 확 핀다는 백년 홍시(紅柿) 아잉교?

**우인들** 주렁주렁! 주렁주렁!

**우인4** 한입 드시지요.

**우인3** 홍시? 헌데 홍시 색깔이 어째 저러오?

**우인4** (우인5에게) 뭐하노?


우인5, 배를 때려서 빨갛게 만든다.


**우인4** 한입 맛보시렵니까?

**우인3** 아니. 저걸 어찌 먹소?

**우인4** (관객에게) 보이소. 한입 드시렵니까? 아이고. 저 사람. 줘도 못 먹네.

**우인3** 아니. 이 사람이 어느 안전이라고! 난 청렴결백한 사람이라 그런 건 받을 수가 없소. 사과하시오.

**우인4** 아이고. 사과드립니다.

**우인3** (답답해하며) 아이고 참. (손으로 사과 상자 모양을 그려 보이며) 사과 있잖소. 사과하시오.

**우인4** 아~ 사과요?


우인4가 박수 치면 우인5가 사과상자를 들고 온다.

**우인4**  (사과상자를 우인3에게 밀며) 사과드립니다. 능금입니다.

**우인3**  어디보자. 사과 사과 능금 능금 금 금 금! (일어나며) 아
니 이런 씨방새가! 한 상자만 더 줘~


우인들, 흥겹게 춤을 춘다.


**우인7**  이번엔 내가 한번 받아보지. (받는 사람 흉내를 내며) 아.
끈적끈적한 이 밤 어찌 이다지도 외롭단 말인가? 외로
워. 아 많이 외로워.

**우인8**  대감 갑니다. (문 두드리는 시늉을 하며) 꽝꽝꽝!
(문을 연다고 용을 쓰는 시늉을 내며) 대감, 문 좀, 문 좀 열
어 주십시오. 문 좀.

**우인7**  우리 집엔 문이 없소.


넘어지는 우인8.


**우인8**  (금을 바치며) 대감. 금부에 종사관 자리가 났다고 하던
데. 금입니다.

**우인7**  (금을 던져버리며) 우리 집에도 금은 많소.

**우인8**  대감 그럼 정히 원하는 게 뭡니까?

**우인7**  거, 있지 않소. (몸매 좋은 여자를 손으로 그려 보인다)

**우인8**  아! 진작 얘기를 하시지. (물건을 가지고 와서) 대감 보시죠.

**우인7**  아니 이건 항아리 아니요. (항아리를 발로 차 깨는 시늉을 하며) 아니 당신은 항아리에 느낀 것이요? 항아리 어디가 당신을 흥분시킵디까?

**우인8**  어떤…… 싼 느낌?

**우인7**  이 사람. 왜 이렇게 수화에 약해!

**우인8**  그럼 대감 정히 원하는 게 정말 무엇입니까? 자세히 좀 일러 주시지요.

**우인7**  좀 전에 설명이 평면적이라 잘 이해가 안 된 모양인데, 이번엔 살짝 입체감을 줘 보겠소. 잘 보시오. (몸매 좋은 여자를 입체적으로 그려 보인다)

**우인8**  아! 알겠습니다. (물건을 가지고 와서) 대감 보시지요.

**우인7**  (놀라며) 아니 이건 암소 아니요. 이 젖이 그 젖이 아니잖소. 딸랑 두 개면 될 것을 이 몇 개요? 젖도 젖 같지 않은 걸 가지고 와서. 아이고 답답한 사람. 잘 보시오. (몸매 좋은 여자를 손으로 또 그려 보인다)

**우인8**  아, 진작 얘기를 하시지. (옷을 벗고 양반을 유혹한다) 내가 오늘 처음이라. 대감님 깍쟁이~

**우인7**   (놀라 벌떡 일어서며) 아니 남정네가 이 무슨 해괴망측한

　　　　　짓이요!(사이) 뒤집으시오.


공길, 들어오며 웃고 있는 우인들을 회초리로 사정없이 갈긴다.


**공 길**   이 망할 놈의 종자들! 이놈의 망할 종자들! 누가 이런

　　　　　짓 하라고 했어? 누가? 죽으려면 무슨 짓을 못해. 너희

　　　　　들이 누구 죽이려고 이 짓거리야? 이 짓거리가…….

**우인3**   왜 이래 언니?

**공 길**   언니라니? 대봉이라고 불러. 내가 대봉이다. 대봉!

**우인들**  대봉 나리!

**공 길**   뭐가 뭔지 몰라? 지금이라도 늦지 않았다. 주둥아리 나

　　　　　불대고 싶어 환장한 놈들 다 떠나. 아주 내 눈앞에서 꺼

　　　　　져버려.

**우인1**   장안이 다 아는 사실을 논 것뿐입니다. 한 자리 하고 싶

　　　　　은 사람은 죄 싸들고 숙용 장씨 찾아간답니다. 애까지

　　　　　낳아 놓으니 그 세도가 보통입니까?

**공 길**   누가 시키지도 않은 짓을 해? 앞으론 시키는 것만 해.

　　　　　시키는 것만.

**우인들**  알겠습니다. 언니. (말 실수 한 것을 알아차리고 넙죽 절하며) 아

니 대봉.

**공길** 장생이 못 봤냐?

**우인2** 술 먹으러 밖에.

**공길** 또?

**우인3** 기방에서 인기 최고 아닙니까? 기집들이 오줌을 질질 싼다고 하던데요. (일어서며) 자타가 공인하는 조선 최고 의 광대 아닙니까?

**공길** 재주가 사람 잡어. 재주가 있으면 그걸 지킬 줄도 알아 야지. 장생이 그놈이 왕이 왕답지 않으면 쌀밥이 돌 밥 된다며 돌 씹는 흉내를 내다가 죽게 된 것을 내가 빌고 빌어 겨우 목숨만은 구해냈다. 조심들 해. 경거망동 하 다간 내 손에 먼저 죽을 것이다.

**우인1** 잘못했습니다. 우리가 누구 덕에 호의호식합니까? 다 대봉 나리 덕 아닙니까?

우인들, 공길의 옷을 보고 부러워하기도 하고 수근거리기도 한다.

**공길** 내일 경회루에서 한 판 놀 것이니 다들 준비해라.

우인들, 좋아한다.

공 길    이번에는 아주 벗고 놀자.

우인2   벗고 놀다니 그럼 알몸으로……

공 길    속곳 바람으로 놀자. 기집처럼 분도 바르고 춤도 추고.

우인3   뭐야? 분을 발라야? 이거 우리 어머니 알면 넘어 가시 겠구만요.

공 길    뭘 못해? 니들이 무엇으로 먹고 입냐? 남 웃기는 일이 지. 남 웃기지 못하면 아주 댓돌에 머리 쳐 박고 죽을 각오를 해라. 그런 마음을 좀 가져라. 알겠냐?

우인들   (작은 소리로) 네.

공 길    알겠냐?

우인들   (큰 소리로) 네.

공 길    (나가려다가) 헌데, 아까 논 것은 누구의 일이냐?

우인1   남원 부사 하다가 지금 형판으로 있는 윤대감의 일입니 다요. 숙용 장씨만 믿고 겁나게 해먹나 봅니다.

공 길    형판 윤대감! 알았다.


공길이 나간다.


우인2   (나간 것을 확인하고, 공길의 흉내 내며) 형판 윤대감! 알았다.

우인들   씨―입―새! (공길의 흉내 내며) 속곳 바람으로 놀자. 기집처럼 분도 바르고.

**우인3**    지미, 임금이 사람 잡지, 재주가 사람 잡어? 팍, 뒤집어 엎고 떠? 팍!

**우인들**    팍!?

**우인3**    팍! (연산 흉내 내며) 이(爾), 너 즐기는 게지? 팍!

**우인들**    (연산과 공길이 때리고 맞는 흉내를 내며) 아!

**우인3**    팍!

**우인들**    아!

**우인3**    팍!

**우인들**    아!

# 5. 이별

공길의 거처. 밤.

공길은 무슨 의식처럼 경대를 보며 팔을 벌려 왕이 내린 비단도포를

펼쳐본다.

연산 흉내를 내며 좋아한다.

**공 길**　이(爾), 니놈은 본시 여자도 아닌 것이 여자이고

　　　　때론 앙탈도 부릴까

　　　　때론 서글퍼 꺽꺽 울기도 하고

　　　　때론 턱없이 헤헤 웃는구나

　　　　그것이로? 이(爾), 너는 정히 그것이로?

　　　　장생, 술에 취해 손에는 진달래를 들고 들어온다.

　　　　공길은 장생에 아랑곳하지 않고 앉아서 가사를 짓는다.

**장 생**　꽃은 펴 삼천리 금수강산에 봄은 왔건만 어이해 이 내

　　　　마음엔 봄이 안 오시나? 냄새 좋다. 가자가자가자 어이

강봉사 어디 있어? 이 냄새 맡고 이리로 와. 거기 없어?
없어?

**공 길**    …….

**장 생**    (꽃을 주는데, 받지 않자 던지며) 희락원? 대봉? 좋아하네.

**공 길**    이러지마. 내일 한판 놀아야 하니까, 가 자.

**장 생**    뭘 해요?

**공 길**    …….

**장 생**    니가 무엇이십니까?

**공 길**    (아랑곳하지 않고 가사를 지으며) 애들아, 자리 봐라.

**장 생**    (공길이 쓰고 있던 한지를 뺏으며) 이거 정말 놀고 자빠졌네.
대단한 양반이 되셨어. 대단한 양반. (구겨 던지며) 집어
쳐. 니가 뭐야? 니가 뭐냐니까? 임마!

**공 길**    나? 아무것도 아니야. 기집도 아닌 기집. 사내도 아닌
사내.

**장 생**    이런 이런 꽃이 붉은 들 십일을 가나?

**공 길**    (버려진 한지를 펴서 정리하며) 져야 꽃이지.

**장 생**    그래 잘 썩었다.

**공 길**    혼자 나대지 좀 마.

**장 생**    (앉아서 공길의 손을 잡고, 진지하게) 길아, 뜨자. 이건 아니야.
장 바닥에 나가 빌어먹어도 할 말은 하고 살자. 피죽을

먹어도 줏대는 있어야지.

**공 길**　세상은 줏대 갖고 사는 게 아니야.

**장 생**　노리개밖에 안돼.

**공 길**　생각하기 나름이고 살아야 돼, 어떻게든.

**장 생**　(일어서며) 아주 간까지 내주시지요.

**공 길**　더한 것도 내줘.

**장 생**　그놈의 임금이 잡놈이야. 백성들 간 내어 회쳐먹는 잡
놈이란 말이다.

**공 길**　(일어나 장생의 분을 가라앉히려 하며) 자. 술 깨고 나면 생각이
바뀔지도 몰라. 자.


장생, 공길이 자리를 뜨려고 하자 입맞추려 한다.

공길, 거절하고 나가려 한다.


**장 생**　서.

**공 길**　자.

**장 생**　서! 생각을 해봐. 그 잘난 머리로 생각을 해보라고. 죽
이고 빼앗고 흥청망청. 예전에 우리 이러지 않았잖아.
보탬이 됐어. 몹쓸 것들 흉내 내면 웃다가도 그놈 잡아
들여 혼줄 내고. 그래서 통쾌했고. 지미, 이젠 입이 근

질거려도 말 한마디 못하잖아. 배부르고 등 따시니까 잔나비처럼 깝치기나 할 뿐이라구.

**공길** 임금이 재밌어하는데 뭘 못해?

**장 생** 그래? 벗어. (공길에게 다가가 도포를 벗기려 하며) 나도 그 비단도포 입고 거드름 좀 피워보자. 벗어. (공길이 뿌리치자) 혼자만 살아보겠다고? 백성들이 술렁여. 구역질나는 놀음에 빠진 왕 때문에 백성들 쇄골이 빠진다고. 자식아!

**공길** 그래서? 나가서 뭘 어쩌자고? 나가 역모라도 꾸미자고? 무슨 힘으로? 무슨 요량으로? 나는 죽어도 여기서 죽어. 들고 일어나서 돌로 쳐 죽여도 여기서 죽고, 들고 밀려와 죽창으로 배창자를 끊어도 여기서 죽어.

**장 생** 얼빠진 놈! 왜 놀고 왜 웃겨? 억지로 짜내는 게 웃음이야? 맘에도 없는 소리로 웃겨야 하고, 살살 꼬리치며 눈치나 봐야 하고. 잡놈들의 짓거리다. 잡놈의 짓! (공길의 얼굴을 거울에 들이밀며) 니 꼬라지를 좀 보라구. 이 꼴이 그렇게도 좋아? 이 잔나비 같은 자식아!

**공길** (밀치며) 그래. 썩 좋다.

**장 생** 뭐가 좋아? 등짝이나 까지지.

**공길** 상관없어.

장 생     (공길의 멱살을 잡고) 그래서 임금이랑 비역질이야?

공 길     (장생을 뿌리치며) 말 조심해. 널 살린 건 나야. (사이, 꿇으며) 마마 이놈을 가지세요. 저를 가지시고 장생이는 살려주십시오. 그러면 그놈하고는 다시는…… 다시는…….

장 생     (무너지며) 다시는 뭐?

공 길     다시는…… 입도 안 맞추고, 이놈의 물건을 작두로 자르기라도 하겠으니 장생이는 제발…….

장 생     (일어서며) 난 목숨 구걸한 적 없어.

공 길     (일어서 도포를 추스르며) 이제 내가 너를 관리해. 내가 조선 팔도 나 같은 우인들 모아다 내 밑에 두고 내 마음대로 할 수 있어. (승명패를 보이며) 이게 뭔지 알아?

장 생     …….

공 길     승명패! 이걸 보이면 뭐든지 가질 수 있고 누구든지 부려. 오라면 와야 되고 가라면 가야 돼. 이게 뭐야? 힘이라는 거야. 내가 이제 그걸 가졌어. 왕이 나에게 힘을 줬다고. 이젠 예전에 내가 아니야. 그러니 너도 입 조심해.

장 생     누가 나를 부려, 누가 나를 막어? 내가 속에 심통머리가 들어 있어서 누가 이래라저래라 하면 속이 아주 뒤집혀 버린다구. 아주 뒤집어엎고 난장치고 싶어 미치는 놈이라고 내가.

**공 길** 그래도 너는 나를 도와야 돼. 이건 명령이야.

**장 생** 명령?

**공 길** 내 반드시 커다란 집을 마련할 거다. 그리고 커다란 마당도 있어야 하겠지. 재주 있는 놈들 죄 모아다가…….

**장 생** 아-흐 좋고.

**공 길** 먹이고 입혀 내 아비나 어미처럼 냇가에 나가 울음 쏟아내며 버들피리나 불지 않게 할 거야.

**장 생** 아-흐.

**공 길** 더 이상 떠돌지 않게. 더 이상 천하다는 소리 듣지 않게.

**장 생** 아 좋다.

**공 길** 지 새끼 먹일 게 없어 똥간 구더기나 주워 먹이지 않게. 개굴창 쉰밥이나 주워 먹이지 않게. 그래서 맞아도 좋아. 개처럼 기어도 좋아. 뭐가 문제야?

**장 생** 아이고 좋다. 지미널 좋아 죽겠네. 잘해 보십시오. 애들 모아다 임금 똥구녕이나 핥으라고. 고거이 되나? 이 천한 몸은 나가 한잔 술에 싼 웃음이나 팔겠습니다. 소인 냇가에 나가 마음 편히 버들피리나 불겠습니다. 나리. 하하하. (사이) 구차해도 남는 자에겐 힘이 생기고, 불안

해도 뜨는 자에겐 거칠 게 없는 법.

장생, 나가려 한다.

공 길 (막아서며) 못 가. 아무도 못 떠나.

장 생 (밀치며) 비켜.

공 길 (칼을 장생에게 들이대며) 나가기 전에 내 손에 먼저 죽어.

장 생 그래, 니가 나를 살렸으니 니가 날 죽여라. (앉아 목을 내놓으며) 쳐!

공길, 장생을 치려다가 칼을 장생 앞에 놓는다.

공 길 (앉아서) 가려거든 날 죽이고 가.

장생, 일어나 칼을 잡는다.

장 생 (갈등하다) 인연이야 벨 수 없겠지. 허지만, 목에 칼이 들어와도 광대에겐 광대의 길이 있는 거야.

장생, 칼을 집어 던지며 나가려 한다.

공 길　거기 서. (장생에게 다가가 승명패를 건네며) 가지고 가.

장 생　필요 없어. 난 나를 따를 뿐이야.

공 길　(승명패를 손에 쥐어주고 빠지며) 나다닐 거면 돌아다니면서 쓸만한 놈들 모아 오란 말이야. 이 광대 녀석아!

장 생　쓸만한 놈? 쓸만한 놈은 너 하나로 충분해.


장생, 승명패를 집어 던지고 나간다. 사이.
공길은 승명패를 집어 들려다가 장생이 두고 간 꽃을 발견한다.


공 길　(앉아 꽃향기를 맡다가) 밖에 누구 없냐? 가서 우인 장생이 희락원 대봉 공길의 명을 받아 우인들 수집차 대문 밖으로 나간다고 일러라.

# 6. 모욕 (侮辱)

경회루. 대낮.

잔치가 한창이다.

연산은 얼큰하게 취해 처용가면을 쓰고 춤을 춘다.

다들 가면을 썼는데, 평성군 박원종만 안 썼다.

**연산**  (가면을 벗으며) 평성군, 오늘은 어찌 밟힌 우거지상인가?
아, 내가 자네 누이를, 나에겐 큰어머니 되시는 자네 누
이를 범했다고 이러는 겐가? 그래 그 누이는 살았나?
죽었나? (가면을 보이며) 이보게. 그래서 내가 이렇게 처용
의 춤을 추지 않는가? 일어나 추시게.

평성군 박원종은 술만 연거푸 마신다.

**연산**  용서하시게. (술을 따라 주며) 용서하시게. (무릎을 꿇고) 용서
하세요. (사이) 용서해. (큰 소리로) 용서하라잖아!

분위기 험악해진다.

**박원종** (일어나며) 작작하시오 상감. 선왕께 부끄럽지도 않소? 권
불십년이라고 했소. 하나라 걸도 은나라 주왕도 주지육
림에 빠져 망국의 길을 걸었소이다. 상감은 백성이 무
섭지도 않소?

박원종, 걸어 나가려 한다.

**연 산** 아이고 무서워. 내가 잘못했소. 내가 잘못했소. (무시하고
나가려 하자) 이놈 박원종이! 거기 서. 정절이 무엇이라고
목을 매?! (박원종이 나가자 웅성거리던 대신들에게) 너희들도
나가고 싶겠지? 나에게 군왕의 체통에 대해 말하고 싶
겠지? 내 아비 성종같이 성군이 되길 바라겠지? 그 성
군이 사랑하는 여인에게 사약을 내린다더냐? 그것이
성군의 도란 말이냐? 저잣거리 장사치들의 간사함만도
못하고, 무지렁이들의 비굴함만도 못한 것이 성군의 도
란 것이다. 성군의 도! 성군의 도? 하하하! (용포를 벗으며)
나는 하고 싶은 것을 한다. 거칠 것이 없는 인간이란 말
이다. 나는 너희들을 보면 속이 터져. 허세나 부리는 알

량한 명분의 노예 같은 놈들! 사나이 세상 사는데 무에 거칠 것이 그리 많다더냐? 재고 따지고 가르지 말고, 체면이니 명분이니 하는 답답한 굴레를 다 벗어 던지고 이 한 세상 놀아 보자. 근심 걱정 술로 다 태워 버리자. 마셔! (술을 들이키고 나서 우울해 하며) 놀아보자. 숨이 멈추면 니가 어디 있고 내가 어디 있겠냐? 한갓 썩어질 육체 밖에 더 되겠냐? 공길아!

공길이 나오고, 희락원 우인들이 속곳차림의 여장을 하고 나와 춤을 춘다. 연산, 박장대소한다. 대신들, 눈치를 보다가 연산을 따라 웃는다. 우인들, 춤이 끝나자 왕과 대신들에게 인사하고 나간다.

**연산**    (눈물이 날 정도로 웃다가) 이거야, 이거. 이게 놀이지, 이게. 내 참으로 오랜만에 호탕하게 웃어본다. 내 오늘 이 자리를 빛내기 위해 상을 내리겠다. 오늘 춤을 춘 우인들에겐 각각 전답 두 필지를 내릴 것이며, 희락원 대봉 공길에겐 종4품의 벼슬을 내리겠다.

**공길**    (앉으며) 마마!

**연산**    (공길에게 다가가며) 그래, 수고했다 공길아.

녹수, 가면을 벗는다.

대신들, 웅성거린다.


**연 산**   (대신들을 보며) 왜, 안돼?

**대신들**   (주저하다) 됩니다.

**연 산**   그렇지. 그까짓 게 뭐라고? 가만있자…… 헌데, 장생이
가 보이지 않는구나. 그놈 장님연기가 또한 일품 아니
냐?

**공 길**   (사이) 장생이는 재주 있는 놈들 모아 오라고 내보냈습니
다.

**연 산**   그래? 잘했다. 그럼 우리 공길이 재주를 봐야지. 가만,
그래 우리 녹수 흉내 좀 내봐라.

**공 길**   제가 어찌…….

**연 산**   아니 왜? 아! (녹수에게 다가가) 녹수야, 니 흉내 좀 보자.
싫으냐?


대신들과 기생들 좋아한다.


**녹 수**   (대신들에게 다가가 제압하고) 내 흉내 좀 보자구? (긴장, 사이)
하시네. 그 재미있는 걸 왜 내가 마다해? (연산에게 다가가

41

연산의 코를 톡톡 치며) 왜? 왜? 왜?

**연 산**  그렇지. 그럼 한번 내어 보아라.


공길, 간살스런 녹수의 흉내를 낸다. 좌중, 웃음바다가 된다.

연산, 박수를 치며 좋아한다.


**녹 수**  어쩜, 어쩜 나보다 더 나 같네. 아낄만도 해.

**연 산**  묘하고 기이하지.

**녹 수**  나 말이야, 늘 궁금한 게 있었는데…….

**연 산**  뭐가?

**녹 수**  본시 기집이 아닐까?

**연 산**  누가? 공길이가?

**녹 수**  소리, 몸짓, 걸음새 어디 여자 같지 않은 데가 없잖아.

본디 내관도 아니라며.

**연 산**  (공길에게 다가가 미소를 지으며) 길아, 니가 남자냐? 여자냐?

**공 길**  …….

**녹 수**  보고 싶어서 미치겠어. 벗겨봐.

**연 산**  길아, 뭘 망설여? 니가 사내대장부라면 시원하게 한번

벗어 보아라.

**공 길**  상감마마. 여기서…….

**연 산**  부끄러워해? 저런 부끄러움을 타는 것을 보면 천상 기 집도 같고…….

**공 길**  자리를 물리시죠.

**녹 수**  본다고 뭐가 닳아?

**연 산**  (녹수 흉내를 내며) 본다고 뭐가 닳아? (사이) 괜찮다. 보여 라. 어서…….

**공 길**  …….

**연 산**  어서. (사이, 장난스럽게) 어명이다.

**공 길**  마마, 어찌 번데기를 보시렵니까?

**녹 수**  번데기! 하하하. 그럼 남자야?

**연 산**  아, 나도 궁금해지는구나. 공길아, 벗어줘.

**공 길**  (연산에게 다가가 작은 소리로) 마마, 오늘은 몸이 야릇합니 다.

**연 산**  몸이 야릇하다니?

**공 길**  이 몸 한 달에 한 번 마술에…….

**연 산**  하하하! 그럼 니가 이놈아, 그러니까 니가 (사이) 마술사 냐?


사람들, 자지러지게 웃는다.

홍 내관, 웃느라 잠시 신분을 망각하고 어좌에 앉아 좋아한다.

**홍 내관**   난 처음부터 마술산 줄 알았어!


연산, 웃다가 정색을 하고 홍 내관을 쳐다본다.

홍 내관, 떨며 어좌에서 내려와 부복한다.


**홍 내관**   상감마마, 마술사가 재밌어서.

**연 산**   재미있어? 내가 그렇게 우스워? (어좌에 앉아) 벗어!


공길, 연산에게 버림받은 거 같아 서러움에 북받친다.


**녹 수**   종4품 희락원 대봉 나리, 마마가 벗으라고 하지 않소.


공길, 치욕감을 참아가며 옷을 벗는다.

벗은 모습을 보고 연산, 녹수, 대신들, 기생들 웃는다.

공길의 등짝이 흔들린다. 등에 매자국이 보인다.

대신들, 공길의 등을 보고 더 크게 웃는다.

연산, 사람들의 커진 웃음소리에 공길의 등을 본다.


**연 산**   그만!

정적이 흐른다.

**연 산**    (다가가 공길이 벗었던 옷으로 공길의 몸을 감싸 안으며) 꼴 보기 싫
다 다들 물러가라.

사람들, 주춤거리다 나간다.

**연 산**    (다가오는 녹수의 인기척을 느끼고) 물러가라 했다.

녹수와 홍 내관, 나간다.
연산, 공길을 다독인다.
공길, 서러워 꺽꺽 운다.

# 7. 소학지희 2


내전 앞 무대.

남원부사역을 하는 우인이 음악에 맞추어 춤을 추며 등장한다.

연산, 공길, 녹수, 홍 내관이 이 놀이를 구경한다.


**우인1**  내가 누구냐? 나로 말할 것 같으면 전라도 남원서 청렴경박하기로 소문난 남원부사올시다(인사한다)! 나가 이 자리에 왜 나왔냐? 전임부사가 중앙에서 형판을 한다니 한 자리 얻으려면 돈 쪼까 갖다 바쳐야 하겠다 이 말이여. 내 말이. 당쇠야. 야 이놈 당쇠야!

**우인2**  당쇠 떡 치는 중인디, 어떤 싸가지 없는 놈이 날 부르냐?


당쇠가 등장한다.


**우인1**  너 잘 왔다. 너 한양 좀 갔다 와라.

**우인2**  왜 뻑하면 한양이에요. 한양은. 거기가 얼마나 먼 곳

인디.

**우인1** 양반적으로 말할 때 갔다 와라. (큰 꾸러미를 주며) 이거 형조 판서 갖다 드려라.

**우인2** …….

**우인1** 야 이놈아 가지 않고 뭐해?

**우인2** 가서 어짠데요?

**우인1** 이놈아. 옛말에도 이르길, 조실부모하면 부부 관계하라고 했다. 좀 배워라 배워서 남 주냐?


우인1이 우인2에게 절을 하며 꾸러미를 바치는 예의를 가르친다. 우인2는 형판처럼 행동한다.


**우인2** 아이고 그놈 잘한다. 뉘 집 자식인지 싹수가 노랗다. (남원부사를 걷어차며) 옜다 이거나 먹어라. 니미뿅이다.

**우인1** (일어서며) 이놈이.

**우인2** (피해 도망가며) 어이구 도망가자.


우인1이 쫓아가면 우인2, 음악에 맞추어 도망간다.
우인3(취객)이 술 취해 걸어오다가 도망가는 당쇠와 마주친다.
취객, 이유도 모르고 같이 도망간다.

당쇠가 남원부사를 따돌리고 쉬다가 명월이를 불러 놀아난다.


**우인1**  (다시 등장해서 당쇠를 때리며) 야 이 떡을 칠 놈아. 명심

해라. 형판 댁이다. 형판 댁!

**우인2**  아, 옛말에도 이르기를 부부 관계하면 임전무퇴라 했

거늘, 하다가 말고 하다가 말고 이거 어디 감질나서

살겠어라우?

**우인1**  미안하다. 내가 니놈 한양만 갔다 오면 명월이랑 딱

붙여줄 테니 걱정 말고 갔다 오거라.

**우인2**  명월아, 나 한양 다녀올 테니까 그때까지만 참아라.


우인2, 제자리에서 달린다. 명월과 남원부사, 놀아난다.


**우인1**  (무언가 생각난 듯 명월이를 집어 던지며) 야, 당쇠야.

**우인2**  왜요? 왜? 내가 무슨 일을 못해. 일을.

**우인1**  이놈 빨리도 온다. (명월에게) 퍼뜩 못 나가냐? 내 깜빡

했다. 형판 댁 가는 길에 이 목에 때는 (목에서 때를 벗겨

내 당쇠에게 주며) 임금님께 진상해라.


**연 산**  (구경하다가 분을 못 참고 어좌에 올라서서) 이런 괴씸한 놈들 같

48

으니라구! (사이, 내려오며) 이것이 정히 남원부사와 형판
의 일이 사실이렸다?

**공 길**  그러하옵니다. 이미 장안 사람들은 다 알고 있는 사실
이옵니다. 형판 나리의 전답은 헤아릴 수도 없고 노비
들은 그 수가 기백에 가까우며…….

**연 산**  내가, 한 나라의 임금인 내가 형조 판서만도 못하다는
말이냐 뭐냐? 형판 윤지상이 들라 해라.

**녹 수**  흥분하지 마. 잘못 알 수도 있잖아. 좀 더 조사를 해보
지 그래.

**공 길**  (서찰을 연산에게 준다) 마마, 어찌 소인이 거짓을 고하겠습
니까?

**연 산**  (서찰을 읽으면서) 이놈이 자리 거래까지. 내, 이놈을…….


들어오는 윤지상.


**윤지상**  마마, 불러계십니까?

**연 산**  듣자하니 근자에 곡간에 쥐가 들끓는다면서요?

**윤지상**  …….

**연 산**  그 쥐가 주인 손가락까지 갉아먹는다고 하던데 들어보
았소?

**윤지상**  무슨 말씀인지?

**연 산**  손 좀 봅시다. (왼손을 보며) 이거 단명할 손금이구만! 형
판, 손금보다 오래 사셨소. 형판 집엔 쥐가 없나보군.
아, 남자는 오른손을 보는 건가? 마저 봅시다. (윤지상의
오른손을 보며) 이런, 이런 여기는 더 짧네. 그래 그 쥐를
어떻게 잡을까? 불을 지를 수도 없고. 몽둥이로 패자니
너무 작고. 비상을 먹일까?

**윤지상**  주상전하 어찌 이러십니까?

**연 산**  (손을 꺾으며) 왜 이러냐구? 내가 왕이란 말이다. 내가. 쥐
새끼 같은 놈! 니놈이 자리 청탁을 빌미로 축재를 해?
죄를 지은 것이 니 손이냐? 니 머리냐? (서찰을 윤지상에게
보이며) 이 짓이 필시 니놈 짓이렸다? 그래, 각지 수령들
에게 얼마나 받아 처먹었느냐?

**윤지상**  전하, 소인은 모르는 일입니다.

**연 산**  몰라?


연산, 발로 윤지상을 정신없이, 사정없이 걷어찬다.


**연 산**  쥐새끼, 쥐새끼, 쥐새끼, 쥐새끼, 쥐새끼…….

**윤지상**  으으으 나 죽는다. 나 죽는다. 살려주십시오. (연산이 손가

락을 물자) 아! 소인 다만…….

**연산** 다만 뭐?

**윤지상** 다만 소인은…….

**녹수** 형판 나리, 무슨 말이 그리 많소? 잘못을 고하고 사죄를 받으시오. 개전의 정이 보이면 후일 마마께서 다시 찾지 않겠습니까?

**윤지상** (사이. 녹수 눈치를 보다) 살려주십시오. 이놈이 없이 자란 탓에 가난이 한이 되어서 그만…… 죽을죄를 졌습니다. 어떠한 벌도 달게 받겠으니 목숨만은 살려주십시오. 전하.

**연산** (돌아서서 우울해 하며) 다들 나를 피하면서 지 잇속만 챙기는구나. 여봐라. 남원부사는 파직시켜 함경도로 유형 보내고, 형판 윤지상은 파직은 물론, 전 재산을 몰수하여 국고에 편입케 하라.

**윤지상** 성은이 망극하옵니다.

**연산** (나가려 하다가) 아울러 죄 많은 윤지상의 손가락을 마디마디 잘라 본보기로 조정대신들에게 돌려라.

**윤지상** (손을 들어 보이며) 전하!


연산, 나간다.

녹수, 공길을 노려본다. 공길, 가볍게 인사한다.

# 8. 음모 (陰謀)

녹수는 밀실 벽에 공길의 화상(畵像)을 붙여 놓고 방자질을 한다.
홍 내관이 북을 치고, 장님 정판수가 경쇠를 흔들며 경을 왼다.
녹수가 공길의 화상을 향해 화살을 쏜다.


**녹 수**   (분을 못 참고 활과 화살을 집어 던지며) 지가 왕이야. 광대 놈이
　　　　종4품이라니 그게 말이 돼? 도대체 이게 며칠 째야? 칠
　　　　칠기도 시작한 지가 언젠데, 왜 아무 기별이 없는 거야?
　　　　급살을 맞든지, 하다못해 넘어져서 다리가 부러지든지
　　　　무슨 기별이 있어야 할 거 아니야?

**정판수**   부정탑니다. 급함은 만병은 근원! (방자질 주문을 주며) 이
　　　　주문은 틈나는 대로 외우십시오. (홍 내관이 녹수에게 주문을
　　　　건네자) 특히 축시에 살기가 충천하니 자지 마시고 북쪽
　　　　을 향해 눈을 두고 그 주문을 외우십시오. (일어나서) 옴마
　　　　니 반메훔. 마하반야바라 뭘 봤냐? 봤다. 바야 나가 바
　　　　야. 마마 나가 바야. 사마 나가 봐야. 공길이 나가 바야.
　　　　바가바테, 바가소태, 바가모세, 공길이, 공길이 공길 공

길이 작해(作害)! (주문을 외우다 신이 내리자) 검은 기운이 몰려와 그놈의 목을 조일 것이야. 확언컨대, 얼마 안 있어 그놈이 목숨 구걸할 날이 있을 게야. (주문이 풀리며) 으! 그럼 이놈은 뒤가 급해서 이만.

정판수, 나간다.

**녹 수**   정판수, 저거 돌팔이 아니야?

**홍 내관**   돌팔이라뇨? 방자질도 정성입니다. 정성.

**녹 수**   천한 것이 조정을 갖고 흔들어!

**홍 내관**   이젠 대신들도 벌벌 떤답니다.

**녹 수**   애들은 쥐 잡듯이 단속한다며? 희락원이 문제야. 그놈이 금부에서 떨어져 나간 이유도 따로 있어. 지 눈에 난 놈 죄 쳐내려고 한 짓이야.

**홍 내관**   맞습니다. 이번 형판 사건만 해도 그놈이 의도적으로 숙용마마를 엮어 넣으려고 꾸민 일이 아니고 무엇이겠습니까? 다행히 형판 윤대감이 입을 닫고 있어 망정이지.

**녹 수**   쳐내야 돼.

**홍 내관**   상감마마의 애정이 각별하셔서 거참.

**녹 수**   그러니까 더욱더.

**홍 내관**   방자질하고 있으니 조만간 효험이 있을 겁니다. 조금만
         더 기다리십시오.

**녹 수**   (주문을 집어 던지며) 내, 이따위 주문이나 외고 있다간 홧병
         나서 내가 먼저 죽어. (앉아서. 사이) 씌우자.

**홍 내관**   뭘?

**녹 수**   올가미같이 옴짝달싹 못하게.

**홍 내관**   답답합니다.

**녹 수**   누명을 씌워.

**홍 내관**   어떻게?

**녹 수**   쓰잘데기 없는 놈! 머리는 두었다가 뭐해? 궁리를 해
         봐. 궁리를.

**홍 내관**   마마, 없이 산다고 너무 구박 마시옵소서.

**녹 수**   없는 놈! 쓰잘데기 없는 놈!


         사이.


**녹 수**   그렇지!

**홍 내관**   네! 뭐?

**녹 수**   (고개를 흔들며) 아니다. 아냐.

**홍 내관**   (일어나다 허리를 펴며) 아!

**녹 수**   그래, 뭐?

**홍 내관**   네? 뭐? (사이) 요새 허리가 아파서.

**녹 수**   미친놈!


홍 내관, 궁리하는 모습을 보인다.


**홍 내관**   (생각난 듯) 먹으십시오.

**녹 수**   먹어?

**홍 내관**   욕!

**녹 수**   욕?

**홍 내관**   대어를 낚으려면 미끼도 커야합죠. 그놈이 쓰는 놈입
니다.

**녹 수**   쓰다니?

**홍 내관**   (녹수에게 다가가서) 그놈이 언문 좀 하는 놈이라 이 말입니
다. 언문으로 시도 짓고 가사도 짓고…….

**녹 수**   그래서?

**홍 내관**   (주변을 경계하며) 그러니까 날랜 놈 하나 보내서…… 그놈
이 언문을 쓰다보면 파지도 나오게 되고, 뒷간 똥닦개
로나 쓰일 그걸 가져다가…….

**녹 수**   가져다가?

**홍 내관** 모필꾼 하나 사서…….

**녹 수** 필체를 익히고 그 필체의 그 글씨로 내 욕을 하게 한다.

**홍 내관** 일 벌리고 뜸 좀 들이다가 상감마마 성이 바짝 올랐을 때…….

**녹 수** 씌운다!

**홍 내관** 그러니 일단 먹으십시오.

**녹 수** 그래, 좋다. 그까짓 욕 먹자. 눈에는 눈. 흉내에는 흉내 라? (일어나 화상으로 다가가서) 내, 이놈의 도포를 기필코 벗 기고 말 것이야. 뒤탈 없게 해라. 들통나면 우리도 끝이 다.

**홍 내관** 마마가 이렇게 현실적일 줄 이놈 미처 몰랐습니다.

**녹 수** 홍 내관.

**홍 내관** 네.

**녹 수** (도도하게) 내가 우리 여자들의 비밀 하나를 알려줄까 하 는데 들어보려오?

**홍 내관** 네.

**녹 수** 여자는 말이요. 현실 앞에서는 지독할 정도로 냉혹하다 오. 앞뒤 따져서 이득이 없으면 가차 없이 쳐낸다오. 그 게 수태하는 암컷의 힘이고 미덕이라오. 무슨 말인지 알겠소?

**홍 내관** 염려놓으십시오. 토사구팽! 모필꾼은 일 마치면 그냥!

(목 따는 시늉을 하며) 이놈 그럼 그리 알고 물러갑니다.

**녹 수** 오냐.


홍 내관이 일어나려 하다가 움직이지 않는다.


**녹 수** 왜?

**홍 내관** …….

**녹 수** 아! 그냥 가려니 발걸음이 떨어지지 않아? (금가락지를 빼서 던지며) 옜다.

**홍 내관** (고개를 흔든다)

**녹 수** (패물을 한 움큼 던지며) 약은 놈!

**홍 내관** (고개를 흔든다)

**녹 수** (또 주며) 독한 놈!

**홍 내관** (고개를 흔든다)

**녹 수** 더? 아주 그냥 나를 잡아먹어라. (더 줬는데 움직이지 않자 화를 내며) 아 뭐해? 어서 챙기지 않고.

**홍 내관** 아, 가만히 좀 계십시오. 이놈 발이 저려 죽겠습니다.


홍 내관은 다리를 절며 물건을 챙긴다.

# 9. 언문비방서

내전.

연산, 궁녀들과 파리를 잡고 있다.


**연 산**  잡았느냐? (놓친 것을 확인하고) 이런 이런 파리가 너를 잡
겠다.


녹수, 애를 안고 들어와서 앉지 않고 서 있다.


**연 산**  녹수 왔느냐? 우리 파리 잡기 놀이 하고 있었다. 이리
와 앉아라.

**녹 수**  ······.

**연 산**  왜? 앉아라.

**녹 수**  ······.

**연 산**  앉으라니까.

**녹 수**  (애를 연산에게 준다)

**연 산**  ······.

**녹수**    이년 궐 밖으로 나갑니다. 그 아이는 마마가 잘 보살펴 종실의 업을 빛나게 하십시오.

**연산**    뭐라구?

**녹수**    부덕한 년이 어찌 어미가 되며 임금의 여자가 되겠습니까?

**연산**    이게 무슨 말이야?

녹수는 언문의 비방서 묶음을 연산에게 보인다.

**연산**    이게 뭐냐? (비방서를 읽으며) 녹수는 몸 파는 기집이었다가 제안대군의 시비로 들어가…… 자식은 있으나 그 애비를 알 수 없고…….

**녹수**    또한 상감이란 자는 금수만도 못해 삼촌의 처까지 범하고…….

**연산**    뭐야? 어떤 놈이 이런 언문을 써?

**녹수**    어떤 년인지 놈인지 아주 도배를 해놨어.

**연산**    내 이놈을 잡아 삼족을 멸하리라. 여봐라. 당장 사대문을 닫아 걸어 놈이 도망 못 가게 조처하고 장안 오부를 샅샅이 뒤져 이 언문을 쓴 죄인을 잡아들여라.

**녹수**    마른 하늘에 날벼락도 유분수지. 정말 미치겠어.

**연산** 참아라.

**녹수** 나 하나 욕먹는 거야 참겠지만 왕과 왕의 자식까지 욕하는 걸 어떻게 참아?

**연산** 참아.

**녹수** 못 참아. 이런 소리 들으며 더는 궁에 못 있어. 나도 당신 어미처럼 궐 밖으로 내치시오.

**연산** 뭐가 어쩌고 어째? (사이, 녹수가 울자 아기를 건네주며) 참아라. 내 몸소 친국할 것이다. 기필코 이놈을 잡아 목을 치리라. 내 반드시 이놈을 잡아 왕가의 위엄을 보여주고 말 것이다. 내 속에서 불이 올라온다. 불이! (궁녀들을 발견하고) 그리고 이 기집들은 끌어내 주리를 틀어라. 그래, 파리 하나 단속 못하면서 나라의 녹을 먹어? 한심한 것들.

**궁녀들** 마마, 억울하옵니다.


범인을 잡는 방(榜)이 내걸린다.

# 10. 소지 (燒紙)


밤. 희락원 뜨락.

공길은 불안해하며 언문으로 된 글들을 태운다.

홍 내관, 이 장면을 몰래 지켜본다.

# 11. 장생의 귀환

밤. 길가.

장생은 한양에 잠입한다. 장생, 길을 가다가 방을 발견한다.

장생은 방(榜)을 쳐다보며 고민하는 모습을 보인다.

전령, 도착한다. 장생, 도착한 전령과 함께 날랜 동작으로 박원종의
뒤를 밟는다.

**박원종** (칼을 뽑아들며) 누구냐?

**장 생** (복면을 벗으며) …….

**박원종** 니놈은…… 우인 장생이 아니냐?

**장 생** 그렇습니다. 이것은 전라도에 유형 중인 이과 선생의
서찰입니다.

**박원종** (서찰을 받아 읽으며) 그예 일을 냈구만 그예. 올 것이 온 게
야. (사이) 어찌 안 보인다 했더니 전라도 지방에 내려가
있었나?

**장 생** 이런 시절에 광대라고 어찌 놀기만 하겠습니까?

**박원종** 논다고 다 광대는 아니겠지. 일신우일신 판을 갈고 판

을 열고 판을 키우는 게, 해서 세상을 바꾸는 것이 큰 광대 아니겠나?

**장 생** 지당하신 말씀이십니다. 우리 쪽은 사람들 모아 준비가 끝난 상태입니다. 선생 말이 한양의 도움이 필요하다고 했습니다.

**박원종** 도와야지. 비방서 때문에 민심도 돌아섰으니 때도 적기인듯 하구만.

**장 생** 비방서를 쓴 자는 잡히지 않은 모양입니다?

**박원종** 범인이 잡힌다고 무엇이 변하겠나? 이미 썩을 대로 썩은 것을. 나라 꼴이 말이 아니네. 금부 당상들은 상감 득달에 못 이겨 엄한 사람 잡아다 산 송장 만들고 상금을 노려 아비가 아들까지 고해바친다네. 한심한 노릇이네. 준비가 갖추어지면 거사일 잡아 알릴 것이니 그리 알게.

**장 생** (전령에게 다가가) 나는 한양에 남아 뜻을 같이할 우인들을 모아 볼 테니 너는 속히 내려가 이곳 한양의 사정을 전해라.

**전 령** 알겠습니다. 몸조심 하십시오.

전령, 자리를 뜬다.

**장 생**  (사이. 박원종에게 다가가) 비방서 쓴 자는 잡히면 목숨 부지
하기 힘들겠지요?

**박원종**  임금이 사람 잡기를 무슨 파리 잡듯 하지 않나? 목을
베야 할 이는 임금일세.

**장 생**  일러 무엇 하겠습니까?

**박원종**  자네를 믿네만, 각별히 조심해야 할 것이네. 들통나면
나나 자네나 삼족지화를 면치 못할 것일세. 혹여 발각
이 되더라도 후일을 위해 우리와의 연계는 철저히 비밀
로 해야 할 것이네.

**장 생**  여부가 있겠습니까? 그럼 저도 이만.


박원종과 장생, 자리를 뜬다.

장생, 길을 가다가 다시 한번 방을 본다.

# 12. 어전에서


**연 산**    아직도 그놈 하나 잡아들이지 못했단 말이냐? 한심한
것들.


연산, 간간이 기침을 한다.

공길, 선물을 들고 어전에 든다.


**공 길**    마마, 근자에 마마의 심기가 불편하다고 하기에 이놈이
약소하지만 약재를 구해왔습니다. 드시고 원기 회복하
십시오.

**연 산**    이것이 무엇이냐?

**공 길**    이름하여 사랑의 묘약이라고 할까요.

**연 산**    사랑의 묘약?

**공 길**    (연산의 어깨를 주무르며) 마마, 이럴 때일수록 감정에 취하
면 다치시옵니다. 마음 편히 가지십시오.

**연 산**    그래, 비방서 때문에 내가 너를 소홀히 했구나. 어서 이
일을 마무리 짓고 한바탕 놀아야 할 것 아니냐?

**공길**  그러하옵니다. 이 일은 이쯤에서 마무리 지으시죠.

**연산**  뭐? 그만 둬?

**공길**  이놈 생각엔 일을 더 끄는 것은 상감마마께 득 될 바가 없을 것으로 사료됩니다.

**연산**  그럼 너는 내가 욕을 먹어도 가하다는 말이냐?

**공길**  그게 아니오라, 사람 하나 잡아 죽이는 것이 능사가 아니라고 생각합니다. 큰 걸 보셔야죠. 제 말은 악재를 호재로 전화하자 이 말입니다. 언문이 배우기 쉽고 익히기 쉬워 누구나 배우니 이는 다 세종임금의 덕입죠. 허나, 너나 할 것 없이 글을 쓰는 고로 상것들조차 상소를 올리지 않습니까? 이번 비방서 사건을 기화로 언문사용을 금하는 것이 어떠하겠는지요?

**연산**  언문을 금해?

**공길**  그뿐 아니라 사사건건 간섭하는 간원들을 모두 물리치십시오. 그들이 있는 한 왕의 위엄은 서지 않을 것입니다.

**연산**  간원들을 물리친다? (사이) 하하. 니가 내 속을 아주 거울 보듯 읽는구나.

**공길**  미천한 소인이 살아오면서 깨달은 것이 있다면 늘 위태하고 불리해 보이는 때가 판세를 뒤집을 절호의 기회라는 것입니다.

**연 산** 하하하. 절호의 기회? 니가 그 동안 놀이를 금하라는 상소에 퍽이나 부아가 났나보구나. 너는 사람들 모아다 가 대를 쌓아라. 일 마치면 시원하게 한판 놀아야 할 것 이 아니냐?

**공 길** 더 한 것도 쌓겠습니다. 약은 꼭 챙겨드셔야 합니다.

**연 산** 알았다. 내가 (사랑의 묘약을 들고) 이 약은 내 꼭 챙겨 먹으 마. 어느 기집이 있어 너보다 더 날 챙기겠는고?

**공 길** 이놈 그럼 대 쌓으러 물러갑니다.

**연 산** 그래 알았다.


공길, 나가다가 들어오는 녹수와 마주치자 가볍게 인사하고 나간다.


**녹 수** 뭐가 그리 좋아? 오랜만에 화색이 다 도네. (공길의 선물을 보며) 이게 뭐야?

**연 산** 이것이 무어냐고? 이름하여 사랑의 묘약이라고나 할 까? 하하하. 희락원 대봉 공길이가 보내온 것이다. 너 도 나와 같이 먹으련?

**녹 수** (선물을 들고) 놀라운 정성이야. 놀라운 정성! 여봐라. 가 져다 비상은 안 들었나 확인해라.

홍 내관, 나와서 약을 받는다.


**연산**    이게 무슨 짓이야?

**녹수**    공길이야. 비방서를 쓴 놈이 공길이라고.

**연산**    (일어나며) 녹수야 니가 뭘 잘못 먹었구나.

**녹수**    그놈이 언문으로 가사까지 짓는 놈이야.

**연산**    하하하, 질투! 질투! 니가 질투를 해? (녹수에게 다가가 눈을 들여다 보며) 그래, 숙용마님의 눈엔 무엇이 들었길래 토끼 눈처럼 핏발이 다 섰나? 늘 의심하고 늘 재는 것이 여인의 일인가? 임금과 신하를 이간질 시키는 것이 여자의 일인가? 아비와 자식의 사이를 갈라놓는 것이 기집의 일이야? 아! 너의 밤을 공길이 훔쳤다고 이 짓이냐? 의심의 눈으로 보면 백이면 백, 천이면 천 모두가 의심이 갈 밖에. 어디서 무슨 말을 들었길래 이 난리야. 이 난리가?

**녹수**    그럼, 남자의 일은 뭐야? 궐벽을 지 년 욕으로 도배질해 놔도, 인면수심으로 배신의 칼을 품고 있는 놈에게 신의를 논하는 것이 남자의 일이야? 지 기집이 장안의 웃음거리가 돼도 대 쌓고 놀 일만 생각하는 것이 남자의 일이야? 기집의 의심이 낫지. (공길이 버린 파지를 내 보이며)

여기 물증이 있잖아. 이게 공길이 필체야. 눈이 있으면 보라고. (비방서를 꺼내 보이며) 봐. 이 비방서와 똑같은 필체잖아. 이게 현실이야. 이게 현실!

**연산**   (사이) 그럴 리 없다. 공길이가 왜?

**녹수**   아비가 아들을 팔아 먹는 세상에 누굴 믿어?

**연산**   여봐라, 희락원 대봉 공길을 들라해라.

**녹수**   그놈을 묶어 대령시켜라.


연산은 믿을 수 없다는 듯이 고개를 흔든다.


**연산**   아니다. 그렇지! 필체야 같을 수 있지.

**녹수**   듣자하니 그놈이 언문을 모두 불살라 없앴다고 하던데. 왜 태웠겠어? 켕기고 구리니까 태웠겠지.

**연산**   그럼…… (공길의 선물을 쳐다보며) 일을 무마시키려고 나에게…….


공길, 포박되어 들어온다.


**공길**   어찌 이러십니까? 소인이 무슨 잘못을 했다고 이러십니까?

녹수    니놈이 니 잘못을 몰라?

연산    (파지를 공길 앞에 보이며) 니가 썼느냐?

공길    …….

연산    왜 말을 못해? (비방서도 보이며) 그럼, 니가 이 비방서도
        썼단 말이냐?

녹수    저놈이 맞아. 저놈이 웃음 뒤에 칼을 품고 있었던 거야.

연산    이게 도대체 어떻게 된 일이냐? 이게 말이 돼?

녹수    진실이 태워진다든? 사실을 일러.

연산    두 발로 걷는 동물을 믿은 내가 바보지. 니놈이 니 입을
        빌어 충성을 맹세하던 우인 공길이 맞냐?

공길    …….

연산    어서 말해. 이 광대자식아!

공길    모르는 일입니다. 소인.

연산    몰라? (다시 파지를 보이며) 그럼 이거는 이거는 뭐냐? 비방
        서와 필체가 같지 않느냐? 어찌 니가 내 가슴에 비수를
        꽂아?

공길    마마. 음모입니다. 이놈 진정 비방서를 쓴 일이 없사옵
        니다.

연산    음모? 누가?

공길    …….

**연 산**　누가? 왜?

공길은 계속 파지를 보고 있다.

밖에서 소란스러운 소리.

장생이 들어온다. 호위대가 그를 저지한다.

**장 생**　비방서는 내가 썼소. 애꿎은 사람 잡아들이지 마쇼.

**연 산**　뭐야? 장생! 니놈은 광대놈들 모으러 나간 것이 아니더냐? 정히 니가 한 짓이렷다?

**장 생**　하하. 나, 장생이 아니면 누가 감히 왕을 능멸하겠소이까?

**연 산**　이놈, 만약 거짓을 고할 시에는 목숨을 보전치 못하리라.

**장 생**　사실을 고하면 살려주시려오. 나도 죽기는 싫은데…….

**녹 수**　저놈이 수작 부리는 거야. 자수할 짓을 왜 해?

**장 생**　거참 기집이 아니랠까봐. 말도 많고 참견도 많네.

**녹 수**　(호위대에게) 뭣들 하는 게야? (연산에게) 필체를 대조해봐야 돼. 필체를.

**장 생**　내가 썼다는데 필체는 얼어 죽을 필체. 사람 참 귀찮게 하는구만.

**연 산** 지필을 가져와라. (지필을 가져오자) 써라! (장생, 머뭇거리자)
쓰라니까!

장생, 잠시 머뭇거리다 언문비방서의 내용을 종이 위에 쓴다. 그의
손이 떤다. 그 필체가 같다. 장생, 안도의 한숨을 쉰다.

**연 산** (비교해 보고) 똑같구만! (공길, 앞에 놓인 파지를 가리키며) 그럼
이것도 니놈이 썼겠지?

**공 길** 이것은 제가 쓴 글입니다.

**장 생** 하하하, 이제야 알겠구만. 오해야. 오해. 내가 저놈과
원래 필체가 같소. 내 언문을 저놈한테 배웠소이다. 보
고 따라 쓰고, 쓰고 또 쓰니 어찌 필체가 같지 않을 수
있겠소? 내가 배운 게 따라하기 아니오? 저 소인배 공
길이를 의심했소? 저 대가리로 왕 해도 될까 몰라?

**연 산** 이놈!

**공 길** 이놈의 잘못입니다. 이놈이 단속하지 못한 죄입니다.

**장 생** 누가 나를 단속해? 누가 나를 부려?

**공 길** 그만해!

**장 생** 그게 글이지. 있는 그대로의 사실만을 적는 그 글발! 그
것이 글이요. 암, 그게 진짜 글이지. 녹수는 몸 파는 기

집이었다가…….

녹수, 호흡을 가쁘게 쉬며 부들부들 떨다가 소리를 지르며 나간다.

**연 산** 녹수야! (칼을 빼든다) 이놈, 내 너를 진작 벴어야 했는데.

**공 길** 안돼. 안됩니다. 목을 베는 것은 천하디 천한 놈의 일입니다. 어찌 천한 것의 일을 하시렵니까?

**장 생** 상감인지 탱감인지 어서 쳐. 저게 임금이야 망나니야?

**연 산** 이놈!

**공 길** 마마!

**장 생** 쳐라! 니가 나를 죽여 얻을 게 있다면 쳐. 어디 할 짓이 없어 지 놀자고 사람 잡길 파리 잡듯 해? 너도 눈이 있고 귀가 있으면 들어봐라. 먹을 것 찾다 등에 업혀있는 지 자식 죽은 것도 모르고, 먹을 게 없어 죽은 지 자식 살점을 뜯는 어미의 울음을 들어보란 말이다. 길을 가다가도 죽은 개를 보면 그게 마음 쓰여 발걸음이 무거운 게 인간의 마음인데, 어찌 지 마음 하나 다스리지 못하고 이 무슨 행패고 투정이냐? 그러고도 니가 임금이라고 권력을 휘두르냐? 니가 비록 왕이라 한들 꺾이고 주린 이들에게 싼 웃음이나 파는 이 천출 장생이만

하겠느냐?

장생, 연산의 눈을 노려본다.

**장 생**  쳐라. 잃을 게 없는 나다. 아무것도 두렵지 않으니 어서
나를 쳐라.

연산은 칼을 들어 치려다 칼을 내린다.

**연 산**  잃을 게 없어? 내 니놈을 죽기 전에 어둠 속에서 헤매
게 해주마. 여봐라. 저놈의 눈. 저놈의 눈깔을 뽑아 개
에게 던져 줘라. 니놈에겐 죽음마저 과분하다.

장님이 나와서 장생의 눈을 뽑는다. 장생의 긴 비명.
붙어 있던 방이 사라진다.

# 13. 장생의 유언

옥사. 눈이 뽑힌 채로 죽음을 기다리고 있는 장생에게 공길이 찾아
온다.


**공길**  누가 깝쳐?

**장생**  대봉 나리가 어인 행차신가?

**공길**  내가 말했지 죽는다고.

**장생**  죽는 건 쉬운 일이야. 어떻게 죽느냐가 문제지. 몸이 근
질근질해서 매 품 좀 팔려 했더니 이거 죽게 생겼구만.
이거 누구 흉내 내며 죽어야 하나? 내 걱정이 많다.

**공길**  아주 작정을 했구나.

**장생**  길아, 나 어려 종살이 할 때 말이야. 누가 겁 없이 안방
마님 금붙이를 훔쳐간 적 있었어. 주인 양반이 종놈들
죄 모아놓고 호통 만통을 쳤지. 근데 누구 하나 나서는
놈 없더라구. 엄동설한인데 좀 추웠겠어? 근데, 거참
이상하지 꼭 그 금붙이를 내가 훔친 것만 같더라구.
"어르신, 제가 훔쳤어요, 제가요" 그 말을 하는데 왜 오

줌이 질 흘러내리는지…… 바지춤을 타고 그 뜨뜻한 오줌이…… 뜨뜻한 게 어찌 그리도 시원하던지. 지금이 꼭 그런 기분이야. 아주 시원해.

공길　누가 알아준다고 그따위 거짓말을 해? 누가 누구한테 뭘 배워? 확실히 해둘 게 있는데 난 비방서 쓰지 않았어.

장생　대견한 놈. 너도 천상 광대라. (사이) 헌데, 임금은 내가 애들 모으러 나간 줄 알고 있더군.

공길　애들 단속 못한다고 추궁 받기 싫어서 둘러 댄 것뿐이야. 난 나를 위해서만 살아. 너도 너를 위해 내 앞에 나타나지 말았어야 했어.

장생　난 내 가슴이 벌렁거릴 때만 살아있다고 느껴. 그래서 온 거야. 내가 살아서 꿈틀거리고 있다는 것을, 내가 살아서 웃고 떠들고 싸고 갈기고 있다는 것을, 그리고 누구도 그걸 짓밟을 수 없다는 것을 알리려고 온 거라고. 너를 두고 한양을 떠날 수도 있었지만 내 벌렁대는 가슴을 따라 온 것이라고.

공길　이건 음모일 뿐이야. 너는 음모에 잘못 끼어든 잔망스럽고 멍청하기 짝이 없는 광대일 뿐이라고. 자식아.

장생　근데, 길아, 지금이 낮이냐 밤이냐? (사이) 이렇게 앞이 안 보이니까 많은 게 보여. 니 마음이 보여. 밝고 환한 니 마음이 보여. 길아, 죽으면 더 많은 게 보이겠지?

**공길** 그래, 이 바보짓거리가 니가 말하던 광대의 얼이란 말이지?

**장생** 무엇이든 일어날 일이 일어나고 일어날 수밖에 없는 일이 일어나는 거야. 그걸 인정하지 않으려니 괴로운 거고. 허니 죽게 둬라. 지미럴, 이거 죽으려니 한 판 놀고 싶구나. 예전처럼 …… 너랑 같이. 쟁기쟁기재쟁쟁…….

공길, 장생을 끌어 안고 있다가 나간다.

**장생** 길아, 사람들이 몰려올 거야. 그 사람들을 위해서 신명 나게 한 판 놀아 줘.

# 14. 처형

처형장. 북소리.

연산과 녹수, 처형을 보기 위해 자리를 잡는다.

장생, 처형장으로 끌려 나온다.


**녹 수**  (연산이 손짓하자) 시작해라.

**공 길**  (정중히 무릎 꿇고) 상감마마, 이렇게 간청하고 애원합니다.
저놈을 살려주십시오.

**연 산**  안돼. 용서는 한 번이면 족하다.

**공 길**  (녹수의 치맛자락을 잡고 애원하며) 숙용마마, 이놈이 도포를
벗을 것이니 저놈을 살려주십시오. 제발 장생이를.

**녹 수**  (발을 빼며) 어서 시작해!

**장 생**  이놈아, 아직도 내 속을 몰라? 이건 나를 두 번 죽이는
거야.

**공 길**  상감마마, 사실은


긴장.

**장 생**　　사실은, (사이) 사실은 내가 짝불알이다. 이놈아!

**공 길**　　이놈을 죽여주십시오. 비방서는 이놈이 썼습니다.

**연 산**　　뭐? 지금 니가 나를 농락하느냐? 누가 뭘 해?

**공 길**　　저놈이 거짓을 고한 것입니다.

**연 산**　　일어서라. 니가 저놈의 재주를 아끼는 것은 알지만 두 번씩이나 살려줄 수는 없는 노릇. 니놈이 나를 버리고 죽고 싶어 이 안달이냐? 일어서. 너는 대봉이 아니냐. 일어서!

**장 생**　　일어서!

**녹 수**　　(일어서며) 저놈을 어서 죽여!


북소리.


**공 길**　　안돼. 안돼! 마마! (연산에게 애원하며) 하오면, 한 판 놀 기회를 주십시오. 저놈이 속이 뒤틀려 그렇지 조선 제일의 우인입니다. 그냥 죽으면 아깝지 않겠습니까?

**연 산**　　조선 제일의 우인? 그랬던가? 하하하, 인생이 한 판 놀이라면 죽음도 놀이가 아니겠느냐? 그래, 놀아라. 내 오늘 진짜 장님 놀이를 보겠구나. 놀아!

한참 말이 없는 장생. 죽음을 앞에 둔 깊은 침묵이 그의 모습에 묻어난다. 장생은 아픈 몸을 일으킨다. 삶의 저 깊은 고통이 배어 있는 자세, 걸음걸이로 잠시 그의 고통을 드러낸다. 그 고통을 잊으려는 듯, 그 고통을 뛰어 넘으려는 듯 놀이에 빠져든다. 공길, 놀이에 동참한다. 공길, 같이 놀다 괴로워한다.

**장 생**　(놀다가) 불이다. 불! 사람들이 몰려온다 소리들이 밀려온다 밀려오다 산이 된다 산이 됐다 피가 된다 피가 됐다 물이 된다 물이 됐다 불이 된다 뛰어라 돌아라 넘어라 날아라.

놀이에 사람들이 넋을 잃고 있다. 호위대도, 나졸도 넋이 나가 입을 벌리고 있다. 순간, 연산은 장생이 놀이판을 지배하는 것에 존재적 질투를 느껴 칼을 빼어 들어 장생을 벤다. 깨지는 놀이판.
정적. 쓰러지는 장생. 장생, 웃는다.

**연 산**　(사이) 웃어? 니가 웃어?

장생, 죽는다.
연산, 칼을 질질 끌며 힘없이 어좌로 걸어간다.

# 15. 막판

**공 길**    (장생이 하고 있던 눈가리개를 주워들고)

이(爾), 니놈은 본시 여자도 아닌 것이 여자이고

때론 앙탈도 부릴까

때론 서글퍼 꺽꺽 울기도 하고

때론 턱없이 헤헤 웃는구나

그것이로? 이(爾), 너는 정히 그것이로?


공길은 비단도포를 벗어 던진다.


**공 길**    판을 열어라.


우인들, 막판 무대를 만든다.

노을 속에서 연산과 녹수, 놀이를 구경하려고 나온다.


**산받이**    시절이 하 수상하니 때는 태평성대라! 먹는 것이 남아

도니 비렁뱅이 알거지도 배터져 나뒹굴고, 풍악소리

악을 쓰니 곳곳마다 뚱가뚱가. 강 건너 강봉사. 들질
러 봉봉사. (두 봉사가 나오고 나면) 이들이 본시 앞 못 보
는 봉사구나. 앞은 못 봐 봉사지만 귀는 뚫려 청사로
다. 한수 건너 양지에서 개소리 요란하니 어정어정 죽
장 집고 개판 똥판 구경간다.

산받이, 퇴장한다.

**강봉사/봉봉사**   가자가자가자가자

강봉사와 봉봉사(공길), 이리저리 돌아다니다가 부딪힌다.

**봉봉사**   아야! 이놈아, 너는 눈 달아 뒀다 뭐해?

**강봉사**   아 이놈아 너는 눈 달아 뒀다 뭐해?

**봉봉사**   야 이놈아 너는 눈이 삐었냐?

**강봉사**   눈은 안 삐고 산 넘다가 다리 삐끗했다 이놈아.

**봉봉사**   가만가만, 이 소리 강 건너 강봉사?

**강봉사**   가만가만, 이 냄시 들질러 봉봉사?

**강봉사/봉봉사**   아이고. 이거 반갑구만. 반갑네. 반가워.

만나려 하는데 엇갈린다.

**봉봉사**  아이고. 거기 있었구만.

**강봉사/봉봉사**  아이고. 이거 반갑구만. 반갑네. 반가워.


다시 엇갈린다.

**봉봉사**  아, 이거 봐 어디 있어? 나 여기 있고 너 거기 있어?

**강봉사**  아, 나 여기 있고 너 거기 있지.[1]

**강봉사/봉봉사**  아이고 반갑네.


또 엇갈리자 두 봉사는 성질을 낸다.

**봉봉사**  아 이거봐! 나 여기 있고 너 거기 없어?

**강봉사**  아, 나 여기 있고 너 거기 없다니까.[2]

**봉봉사**  (막대기로 바닥을 치며) 그럼, 자네가 이 소리 듣고 이리
로 오면 되겠구만.

**강봉사**  그러면 되겠구만. 어디야, 어디?

**봉봉사**  여기 여기 여기…….

---

1,2) 윤영선의 「Kiss」 중

강봉사, 소리 듣고 봉봉사에게 간다.


**봉봉사** (막대기로 불알을 치며) 이 온 세상에 울리는 맑고 고운
소리. 강봉사 맞구만. 이거 정말 반갑구만 반가워. 헌
데 강봉사, 그 깊디 깊은 강은 어떻게 건넜나?

**강봉사** 고생 많았네. 어찌어찌 깊던지 거꾸로 서면 눈썹이고
바로 서면 발목에 차서 물에 빠져 죽는 줄 알았네.

**봉봉사** 고생 많았네.

**강봉사** 아 그래 자네 어디 가나?

**봉봉사** 오네. 개판 똥판 갔다 오네.

**강봉사** 개판, 똥판? 그래 자네 어찌 왔나?

**봉봉사** 날아 왔네. 잘 먹어서 날아왔네. 뿡뿡빵빵 날아 왔네.
방구 뀌며 날아왔네.

**강봉사** 예끼, 자네 뺑봉사가 아니라 뿡봉사로구만.

**봉봉사** 그럼 자네 이 봉사 방구의 내력을 들어보겠나?

**강봉사** 들어보세.

**봉봉사** 내 한양땅 개판 똥판 들어서네.


우인들, 장님으로 분장하고 나와서 지팡이와 부채를 가지고
논다.

**우인들**   가자가자 가자가자 가자가자 가자가자

한치 앞도 알 수 없는 답답한 인생살이

자고나면 알게 될까 깨고 나면 알게 될까

넘어보세 건너보세 걸어보세 깨어보세

좋아 좋아 기분 좋아 앞 못 보니 더욱 좋아

넘어지면 일어서고 일어서면 넘어간다.


봐도봐도 볼 수 없는 깜깜한 세상살이.

가다보면 알게 될까 걷다보면 알게될까

웃음 한번 크게 웃고 살아보세 놀아보세

좋아 좋아 기분 좋아 앞 못 보니 더욱 좋아

넘어지면 일어서고 일어서면 넘어간다.

가자가자 가자가자 가자가자 가자가자

**봉봉사**   아 이렇게 이놈의 봉사 개판 똥판 들어가니

용포 입은 개 새끼 하나가 내 똥구에 코를 쳐박고 킁

킁 거리지 않겠나

그래 내가 십년 삭은 무시방구 고구마 방구를 냅다 날

리네

옜다. 니미 뽕이다. 뽕이다. 뽕!

**강봉사**   아이고 골이야.

강봉사와 우인들, 공길 놀이에 당황해 도망치다시피 나간다.


**봉봉사**  그렇지, 아이고 골이야

이놈의 수캐 아이고 골이야 아이고 골이야 나 죽는다

어질어질 지끈지끈 뒤뚱뒤뚱

이놈의 수캐 암캐에게 달려간다. 이히히 이히

아이고 내 사랑, 아이고 내 구멍

이게 왠 똥이냐 이놈의 암캐 이리 빨고 저리 빨고

아이고 내 사랑 아이고 내 낭군

(막대기로 녹수의 치마를 들추며)

저년의 암캐 땅받아 쳐먹고 흘게

저년의 암캐 금받아 쳐먹고 흘게


**녹 수**  이놈!


깨지는 놀이판.

호위대, 공길의 놀이를 저지시킨다.


**공 길**  (넘어져서) 왕놈의 똥개 큰엄마 꼬여다 흘게 …… 에

왕놈의 똥개 남의 집 뭉개고 흘게 …… 에

연산, 웃는다.

**녹수**  니놈이 드디어 본색을 드러내는구나. 감히, 니가 오만 방자하게 누굴 능멸해? (공길에게 가며) 네 이놈!

**연산**  (웃다가 녹수가 공길에게 다가가려 하자) 저리들 비키지 못해. 누가 나의 놀이를 방해 하느냐? 누가?

연산, 칼을 뽑아들고 공길에게 다가간다.

**연산**  뭐 하냐 계속하지 않고? 놀이를 멈추라 명한 적 없다. 어서 놀아라. 싫어? 그럼 내가 놀까? (장님놀이를 흉내내며) 가자가자가자. 이봐, 나 여기 있고 너 거기 있어? 아니야? 가자가자가자 아 이봐! 나 여기 없고 너 거기 있어? 이것도 아니야? 가자가자가자 아 이거 봐 나 여기 있고 너 거기 없어? 거기 없어? 없어? 히히히! (사이) 인생 한 판 놀이. 그 놀이에도 가시는 있었구나. 내가 너를 버리지 않았는데 어찌 나를 버리느냐?

**공길**  (장님놀이 때 쓰던 눈가리개를 풀며) 아닙니다. 내가 마마를 버린 것이 아니라 내가 나를 버린 것입니다. 비단도포에 빠져 얼빠진 나를 버린 것입니다. 이제야 나를 찾은 것

입니다. 이제야 이놈의 가슴이 벌렁거리고 살아있음을
느낍니다. 이놈의 허파가 터져나갈 듯 기쁩니다.

반정 소리.

**녹 수**    어서 대를 물리고 마마를 보위해라.

우인들이 대를 밀고 나간다. 문들이 닫힌다.

**녹 수**    무엇 하느냐? 저 광대놈의 심장을 도려내지 않고.
**연 산**    두어라.
**녹 수**    어서 피해. 현실을 보라구. 현실을!
**연 산**    현실? 현실? 그런 게 있었나?

반정 소리.

**녹 수**    여기 있다 죽어. 어서 피해.

녹수, 연산이 반응이 없자 칼을 뽑아들어 공길을 치려 한다.

**연 산**    (칼로 녹수를 저지하며) 물러서. 누구든 손대는 자는 내 손에 먼저 죽는다. 가라. 녹수야, 가! 가라니까!

반정 소리.

**홍 내관**    마마, 피하셔야 합니다.

녹수, 연산을 처연히 보다가 홍 내관과 함께 나간다.
눈치를 보던 호위대들도 다 도망간다.

**공 길**    마마, 사람들이 밀려옵니다. 이놈을 치십시오. 이놈 저들에게 어차피 죽을 목숨. 차라리 마마 손에 죽겠습니다. 마마가 저를 아끼셨다면 이 자리에서 저를 깨끗이 보내주십시오. 이놈의 마지막 소원입니다.

**연 산**    죽여 달라고? 내 손에 니 피까지 묻히라고?

반정군 소리.
도망가던 홍 내관, 애를 안고 도망가는 녹수를 벤다.

**녹 수**    니가 나를……

**홍 내관**　마마, 살 사람은 살아야죠. 이게 현실입니다. 현실!

반정군 소리.

**연 산**　(웃다가 칼을 공길에게 주며) 니가 말했던가? 위태하고 궁지에 몰린 순간이 판세를 뒤집을 절호의 기회라고. 나를 죽이면 너는 공신이 되어 명을 이어갈 수 있을 것이다. 너는 살아서 계속 놀아야 할 것이 아니냐? 내가 바라던 것은 욕이 아니라 죽음이다. 자, 나를 죽여다오.

공길, 연산에게 인사한다.
공길, 칼을 집어들어 연산을 치려 하다가 자해한다.
연산, 자해한 공길을 발견하고 칼을 뽑아준다.

**연 산**　안된다. 안돼. 안된다. 이놈아. 밖에 아무도 없느냐? 이놈들! 안된다. 안돼. 나를 웃기고 울리던 놈이 고작 이것밖에 안된단 말이냐? 고작!!

**공 길**　왕이여 나 죽으면 한강수에 던져 주오. 흘러가다 바람 맞아 살랑살랑 춤도 추고 너울너울 재주도 넘고 흘러 흘러 아주 물이 되게, 저 죽은지도 모르게…… 왕이여,

부탁이니 나를 위해 한 번만 더 웃어 주오. 한 번만 더.

연산, 공길을 위해 웃어준다.
공길, 연산과 같이 웃다가 숨이 넘어간다.

**연 산**   안돼. 안돼. 이(爾), 이(爾), 이(爾) …… (사이) 길아, 저 어둠 뒤에 무엇이 있길래 니가 가느냐? (사이, 공길을 눕혀주고) 이제 아무도 없구나. 이제 너도 없고 나도 없구나. 이것 이 끝이구나. 이것이 그렇게도 바라하던 끝이구나.

죽은 공길에게 연산은 자신의 용포를 벗어 덮어 준다.
사이. 공길 손에 잡혀 있는 눈가리개를 발견하고 집어든다.
연산, 만감이 교차하는 웃음을 웃는다.
문이 열리면서 반정군들이 들이닥친다.
반정군의 무리들, 연산에게 한 발 한 발 다가온다.

**연 산**   인생 한바탕 꿈! 그 꿈이 왜 이리 아프기만 한 것이냐? 자, 반겨줄 이 이제 아무도 없으니 나를 빨리 저 어둠 속으로 데려가 다오. 탕진과 소진만이 나였으니 나를 어서. 한때 깜빡였던 불길이로. 바람 앞에 촛불이로. 다

탄 불길이로. 연기같이 사라질 불꽃이로. 다 탔구나!
다-아.

연산, 눈가리개로 자신의 눈을 가린다.

# 16. 벽사의식

우인들이 거대한 방상시 가면을 쓰고 손에는 버들가지를 들고 나와
서 벽사의식을 치른다.

**웃음소리** 이희희(爾戱戱), 이희(爾戱), 희(戱), 이요이(爾耀爾) …….


― 끝 ―

# 불티나

― 잃어버린 불을 찾아서 ―

## 등장인물

| | |
|---|---|
| 병수 | 인옥 |
| 추배 | 동현 |
| 윤재 | 진숙 |
| 나타샤 | 혜수 |
| 희선 | 병삼 |
| 남자 | 여자 |
| 거지(나만이) | 그외 |

## 때

현대 (병수가 가스 라이터를 구입해서 사용하다가
잃어버리고 다시 찾을 때까지)

# 1

고시서점 앞 길가. 오후.

병수는 고시서점 앞에서 사시 2차 합격자 명단을 확인한다. 한참을 찾다가 자기 이름이 있는 것을 발견하고 좋아한다. 젊어 보이는 남자가 나타나서 명단을 확인하고 좋아한다.

**병 수**  붙었나보죠? 축하합니다. 김병수라고 합니다.
**젊은 병수**  네? 저도 김병수인데…….

둘은 명단을 확인한다. 동명이인이다. 병수의 수험번호는 없다. 젊은 병수, 좋아라고 간다. 병수는 낙담한다. 담배가 땡기는지 서점 옆에 있는 담뱃가게로 향한다.

**병 수**  담배 한 갑 주세요.

담뱃갑을 뜯고 담배를 빼어 물려다가 혹시나 해서 돌아와서 다시 명단을 확인한다. 또 다시 낙담한다. 담배를 피우려고 라이터를 찾는데, 라이터가 없다.


**병 수**    (여자애가 다가오자) 어이, 학생 라이터 좀 빌리자.

**여 자**    네?

**병 수**    학생 불, 불 좀 빌리자고.

**여 자**    나 학생 아니에요.

**병 수**    뭐? 그러니까 불 좀 빌리자고.

**여 자**    잘렸다니까요.

**병 수**    뭐?

**여 자**    (가려다가 돌아서서) 아저씨 저랑 사귈래요?

**병 수**    가라. 꺼져. 꺼져. 저리 안 꺼져.

**여 자**    뭐야? 재수 없어.


여자애, 그녀의 길을 간다.


**병 수**    (나이 좀 있어 보이는 남자가 다가오자) 저기요 불 좀…….

**남 자**    …….

**병 수**    아저씨 라이터 좀…….

**남 자**    (병수를 위 아래로 한참 쳐다보다가, 라이터를 켜 담배를 태우며) 미
친놈!

남자, 그의 길을 간다.

이어폰을 끼고 음악을 들으며 구걸하는 거지(나만이)가 병수에게로

온다.


**나만이**    하나, 하나, 하나아.

**병 수**    …….

**나만이**    하나만, 하나만.


병수는 담배 두 개비를 거지에게 준다.

거지는 하나만 받고 하나는 다시 병수에게 돌려준다.

거지는 라이터를 꺼내 불을 붙이고 맛있게 한 모금 빤다. 기분이 좋

은지 듣고 있는 음악에 맞추어 몸을 흔든다.


**병 수**    저기 불 좀.

**나만이**    …….

**병 수**    라이터 좀 빌릴 수 있을까요?

**나만이**    (아랑곳하지 않고 담배만 피우며 몸을 흔든다)


병수는 나만이의 어깨를 치며 라이터 빌려달라는 시늉을 한다.

**나만이**  (고개를 돌린다)

**병 수**  아닙니다. 담배나 태우시죠.


거지, 담뱃불을 끄지 않고 버린다. 거지, 그의 길을 간다.
병수, 그 담뱃불을 주워서 담배에 불을 붙이려다가 구차함을 느낀다.


**병 수**  (담뱃가게 앞에서) 사? 말어? 사? 얼마 쓰지 못하고 잃어 버
릴 게 뻔한데. 안 사자니 구차하고. 꼭 라이터 사려면
갈등 생긴단 말이야. 라이터 간수를 왜 이렇게 못하지?
사자. 이건 몇백 원의 문제가 아니야. 이건 남자의 자존
심 문제야. 이건 남자의 위신이 걸린 문제라고. 라이터
하나 주세요. (가스 라이터를 사서 담배에 불을 댕겨 한 모금 빨고)
이게 벌써 몇 번 째야? 머리가 돌이 됐나? 고시공부고
뭐고 때려 치우고 그냥…… (라이터를 보며) 라이터 간수도
못하는 놈이 뭔놈의 고시냐? 붙는 게 이상하지. 이 라
이터 가스 다 쓰기 전에 잃어버리면 내가 인간도 아니
다. 그래 작은 일부터 마무리를 짓는 습관을 들이는 거
야. 좋다. 내 이번에는 무슨 일이 있어도 다 쓰고 만다.
잃어버리는 날이면 고시고 뭐고 없다. (라이터를 보며) 야,
너도 뭔가 제대로 하나 해봐야지. 응? 임마 응?

라이터 불을 켜본다. 타오르는 라이터 불.

무대, 암전.

# 2

여관, 낮인데도 커튼을 쳐 어둡다.

병수, 불을 켜고 텔레비전을 켠다.


**소 리**  건조주의보가 내려진 현재 전국이 산불에 휩싸여 가고

있습니다. 당국은 주요 등산로를 폐쇄하고 산불예방에

만전을 기하고 있습니다만 강력한 바람을 동반한 날씨

때문에 불길을 잡기는 쉽지 않을 것으로 예상됩니다.

강원도 일대의 산림이 이번 산불로 대부분 소실될 것으

로 보입니다. 강원도 일대에 번지고 있는 산불은 군 사

격훈련 중 발생한 것으로 추측되고 있습니다.

**병 수**  하여간 군바리 새끼들…… (카운터에 전화 걸어서) 아, 안 와

요? 왔다구요? 저기 물어 볼 게 있는데 혹시 여기 몰래

카메라 설치된 거 아니죠?

**여 자**  (들어와서 병수를 발견하고) 어!

**병 수**  어!

**여 자**  (웃으며) 뭐야? 열나 재수 없는 아저씨! 불 구했어요?

**병 수**  불?


여자애는 풍선껌을 씹고 있다. 풍선을 분다.


**여 자**  뭐 해요?

**병 수**  바쁘냐?

**여 자**  그게 아니라 아저씨 뭐 하는 사람이냐구요?

**병 수**  나? 알아서 뭐 해?

**여 자**  아저씨랑 사귀려고요. 보통 인연이 아니잖아요. 우리.

**병 수**  혹시 너……. 아니다. 얼마냐?

**여 자**  6장이요.

**병 수**  6천 원? 너무 비싸다.

**여 자**  소개비 떼고 나면 남는 돈도 없어요.

**병 수**  (6만 원을 주며) 너 몇 살이냐?

**여 자**  벗어요.


여자와 병수, 옷을 벗는다.


**여 자**  가슴은 안돼요.

**병 수**  뭐?

| 여 자 | 가슴은 안된다구요. |
|---|---|
| 병 수 | 왜? |
| 여 자 | 그게 내 철학이에요. |
| 병 수 | 철학? |
| 여 자 | 임자 있는 젖이니까 만질 생각하지 말아요. |
| 병 수 | 임자? 나랑 사귀자며? |
| 여 자 | 임자 있는 거랑 사귀는 거랑 무슨 상관이 있어요? |

여자, 불을 끈다.

| 여 자 | 뭐해요? |

병수, 텔레비전을 끄려고 한다.

| 여 자 | 끄지 말아요. |

뒤척이는 두 사람.

| 여 자 | 뭐해요? 아저씨 불능이야? |
| 병 수 | 아니. |

| 여 자 | 그럼 빨리 어떻게 해봐요. |
|---|---|
| 병 수 | (텔레비전을 끄며) 담배 한 대 피자. |

병수는 일어나 여자애를 한참 쳐다본다.

| 여 자 | 왜 그래요? 느끼하게. |
|---|---|
| 병 수 | 너에겐 왠지 모르게 근원적 고독이 느껴져. |
| 여 자 | 네? |
| 병 수 | 근원적이고 본질적인 거. 그리고 순수한 건 슬픈 거야. 다다를 수 없으니까. (사이) 혹시…… 너 오타쿠 아니니? |
| 여 자 | 오타쿠요? |
| 병 수 | 맞어. 맞어. 너 영심이 오타쿠지? 내 어디서 많이 본 거 같다 했다. 만화책이나 텔레비전에 나오는 캐릭터 흉내 내고 다니는 사람을 오타쿠라고 부르는데, 몰랐어? |
| 여 자 | (희색이 되어) 아저씨 만화 좋아해요? |
| 병 수 | 가끔 봐. 그럼 니 젖 임자가 경태냐? |
| 여 자 | 네? 저 시간 없어요. |
| 병 수 | 새침 떨긴. 아무 말이나 해라. 난 말이야 여자가 말하지 않으면 안돼. 여자가 계속 떠들지 않으면 영 안 되거든. 너 재미난 이야기 좀 해봐라. |

**여 자**  별 걸 다 바래. (텔레비전을 켜며) 텔레비전이나 봐요.

**병 수**  (텔레비전을 끄며) 넌 라이브도 모르니?

**여 자**  아저씨 변태지?

**병 수**  그런 넌 어떤 취향인데?

**여 자**  알이 3개인 남자요.

**병 수**  뭐? 그런 남자가 있어? 잤어?

**여 자**  네. 알 두 개는 자기 마누라랑 할 때 쓰고 남는 알 하나
는 바람 필 때 쓴대요.

**병 수**  거짓말 아니야?

**여 자**  알 하나도 봤어요. 알 하나는 알이 하나래서 장가도 못
간대요. 자기는 고독한 알이래요. 이제 느낌이 좀 와요.
될 거 같아요?

**병 수**  그래 휠이 좀 온다.


병수, 불을 끈다.


**여 자**  아 씨발, 가슴은 안된다고 했잖아요.


여자, 불을 켠다. 담배를 핀다. 병수도 일어나 담배를 핀다.

**병 수**　(사이) 근데, 영심이도 욕하니?

**여 자**　다 했어요?

**병 수**　안된다. 대신 가슴 만지면 안되니? 난 만지고, 넌 말하고…….

**여 자**　나랑 무슨 말을 해요? 저 갈래요.

**병 수**　뭐 간다구? 도대체 안 되는 이유가 뭐냐? 이유나 알자.

**여 자**　제 철학이라고 몇 번이나 말해야 돼요.

**병 수**　너 내 비밀 하나 알려줄까? 내가 철학과 나왔다. 내가 대학 4년 다니면서 남자한테 젖 주지 말라는 철학은 보도 듣도 못했다.

**여 자**　그러니까 책에도 안 나오는 나만의 철학이죠.

**병 수**　그러니까 안된다 이거지? 내놔. 돈 내놔.

**여 자**　이 아저씨 되게 웃기네.

**병 수**　뭐가 웃겨? 돈 받았으면 남자가 사정할 때까지 서비스하는 게 직업정신 아니야? 이건 부당취득행위야. 이것도 거래고 장사면 상도덕은 있어야 할 거 아니니?

**여 자**　아저씨 안되는 게 내 잘못이에요?

**병 수**　그러니까 대신 젖 좀 만지자는 거 아니야. 넌 내가 돈 주고 산 물건이야. 넌 6만 원짜리 물건이란 말이야. 알아?

**여 자**　내 철학을 깰 수는 없어요.

**병 수**  지미, 몸 파는 년이 철학은?

**여 자**  도대체 더 이상 뭘 바래요?

**병 수**  니 젖 좀 만지자. 내 철학으론 니 철학이 도저히 이해가
안된다.

**여 자**  (3만 원을 주며) 됐어요. 공평하죠.

**병 수**  (때리려고 하며) 이걸 그냥. 너 죽을래?

**여 자**  빨리 꺼져. 재수 없어.

**병 수**  뭐? 조그만 년이 어디다 대고 반말이야? 니 젖 좀 만지
자는 게 뭐가 그렇게 잘못이냐? 야, 말 좀 해봐라. 내가
뭘 그렇게 심한 요구를 했냐? 응?


여자가 옷을 입으려고 한다. 병수, 옷을 뺏는다.


**병 수**  빨리 대답해. (여자가 전화기로 가서 전화를 걸려고 하자 전화기 선
을 뽑아 버리며) 대답해보라니까. 응?

**여 자**  너도 남자야. 좆도 안 서는 놈이 무슨 젖이야? 빨리 옷
줘.

**병 수**  뭐? (여자를 때리며) 씨발년이 너 지금 뭐라고 그랬어?


여자, 물건을 던지다가 라이터까지 집어 던진다.

| | |
|---|---|
| **여 자** | 왜 때려? 니가 남자야? 니가. |
| **병 수** | 야! 미치겠구만. 이년이 꼬박꼬박 반말이네. 이걸 정말. 너 라이터 원위치 시켜. 빨리. |
| **여 자** | 싫어. 빨리 옷이나 줘. 별 병신 같은 게 나잇값도 못해. 머리는 다 까져갔구. |
| **병 수** | 뭐? 이 쌍년이. 라이터 제자리에 갔다놔. |
| **여 자** | 넌 손이 없어? 발이 없어? |
| **병 수** | 싫어? |

병수가 여자의 옷과 신발을 여관 창 밖으로 내던진다.

| | |
|---|---|
| **병 수** | 나갈 수 있으면 나가봐. 너 오늘 사람 제대로 만났다. 너 지금 나 고시 떨어졌다고 사람 무시하는 거야 뭐야? 조그만 년이 사람 가지고 놀라구 그래? 고시 떨어진 놈은 사람도 아니냐? 말해봐. 내가 너한테 뭘 그렇게 잘못했니? 응? |
| **여 자** | (울며) 야, 이 개새끼야. 너 고시 떨어진 거 하고 나하고 무슨 상관이야? 내 옷. 내 옷. 내가 뭣 때문에 학교 잘리고 뭣 때문에 가출했는데…… 엄마, 엄마, 엄마. |
| **병 수** | 미치겠구만. |

병수, 라이터를 주워들고 담배를 핀다. 깊고 길게. 여자애, 흐느낀다.
병수는 담배를 비벼 끄고 일어난다.

**병 수**    (사이) 넌 순수하지도 않은데 왜 다가갈 수 없는 걸까? 아
니다. 허긴 너처럼 순수한 사람이 어디 있겠니? (사이, 몇
만 원을 던져주며) 나도 불쌍한 놈이지만 너도 참 불쌍한
인생이다. 옷이나 사 입어. (사이) 학교는 다녀. 영심이도
학교는 열심히 다닌다.

병수, 나간다.

**여 자**    엄마. 엄마. 엄마!

무대, 암전.

# 3

병수의 집, 저녁.

병수, 오카리나를 분다. 도레미파솔라시도를 차례대로 낼 뿐이다.

인옥, 쇼핑백을 들고 들어온다.


**병 수**  일찍 왔다. 또 카드로 긁었냐?

**인 옥**  ……. (보따리를 발견하고) 니 엄마 왔다 갔니?

**병 수**  있으면 뭐하냐 며느리한테 말발도 안 서는데.

**인 옥**  뭐래? 고시 때려치우라는 말 안해?

**병 수**  (신문을 들고 화장실로 가며) 한두 번 겪냐?

**인 옥**  깻잎 또 깻잎! 저번에 가져온 것도 냉장고에서 썩고 있
는데. 니네 집안은 깻잎만 먹냐?

**병 수**  (소리) 너 깻잎 무시하지 마. 우리 어머니 깻잎 팔아서 우
리 4남매 다 길렀어.

**인 옥**  어련들 하시겠어.

**병 수**  (소리) 아이! 젠장.

병수, 화장실에서 나온다. 라이터를 들고 나온다.


**병 수**   (라이터 보며) 니가 고생이 많다. 똥 세례까지 받고,


병수, 드라이를 가지고 와서 라이터의 물기를 제거한다.
라이터 불을 켜본다. 켜진다.
냄새를 맡아 본다. 한 끝을 잡고 한참 있는다.
인옥, 새로 산 옷을 입어 보다가 병수를 본다.


**인 옥**   가관이다. 하는 짓 하고는.

**병 수**   이게 다 생활의 지혜라는 거다.

**인 옥**   …….

**병 수**   멋진데, 요번에는 어디 꺼냐? 이름이 중요해. 그렇지!
         내가 왜 그 생각을 못했지.


병수, 화이트를 가져와 라이터에다 '克己正進' 이라고 쓴다.


**병 수**   이제 니 이름은 정진이다. 성은 극기요, 이름은 정진이!


병수, 시계를 보고 텔레비전을 켠다. 개그 프로가 한참이다. 인옥은

담배를 꺼내 문다. 병수의 라이터로 담뱃불을 붙인다.

병수     (텔레비전을 보며 웃으면서) 냄새 안 나?

인옥     (텔레비전을 보며) 미친놈!

병수     (사이) 씨발년!

인옥     (사이) 좆같은 새끼!

병수     (사이) 그래 막가라. 미안하다 씨발년아. 또 떨어져서.

인옥     (사이) 바라지도 않는다 개새끼야. 니 머리로 뭘 고시냐?

병수     (사이) 니 감성으로 무슨 국어 선생이냐? 개폼이나 잡겠지. 안 씻냐? 갈보 같은 년아.

인옥     (사이) 누구 좋으라고 씻냐? 날강도같은 놈아.

병수     (사이) 너 욕하니까 섹시하다. 한 판 할까?

인옥     바랄 걸 바래라. 응?

병수     거참 어떻게 하나? 미우나 고우나 또 몇 년 같이 살게 돼서.

인옥     (사이) 왜 니네 엄마랑 채소장사나 하지?

병수     (사이) 뭐? 나보고 깻잎 팔라고? 미안한 얘기지만 난 키울 애가 없네. (사이) 그 자식 혹시 알이 3개 아니야?

인옥     뭐라고? 이제는 헛소리까지 하고 너 고시공부하다가 완전히 맛이 갔구나.

**병수** (사이) 한 번만 더 밀어줘라. 내가 너 말고 누가 있냐? 나 말이야 다시 인간으로 태어나면 그때도 너랑 다시 살고 싶은데, 넌 어떠니?

**인옥** 걱정 하지 마. 넌 인간으로 태어나지 않을 테니까.

**병수** (사이) 하하하. 야 쎈데…… (사이) 그 자식 돈 좀 없대?

**인옥** 비웃지마. 그 사람은 너처럼 파렴치한은 아니니까.

**병수** 아주 데려다 같이 살지 그래. 겁나는구만, 잘 하면 아주 사람 죽이겠다?

**인옥** 걱정 하지 마. 살 곳만 구해지면 깨끗이 떠날 거니까.

**병수** 떠나? 누구 맘대로. 내가 가만히 있을 거 같니? 너는 그 날로 매장이야. 매장.

**인옥** 좀 놔죠.

**병수** 이거 국어선생 이력에 흠집이 생겨서 되겠나? 집 한 채로 내 정신적 피해가 보상될 수 있다고 생각하면 큰 오산이지.

**인옥** 지저분한 놈! 아주 그 쪽으로 나가지 그래. 사진 찍는 솜씨가 보통이 아니던데.

**병수** 그렇지? 사진 찍어 놓으니까 너도 꽤 쓸만 하던데.

**인옥** (T.V 끄며) 이건 공갈 협박이야.

**병수** (T.V 켜며) 이거 고시생 앞에서 법타령이구만. 이혼은 혼

자 하는 것도 아닐 뿐더러, 이혼이 성사돼도 내가 가만
히 있을 것 같아. 이혼이 되면 나는 법적으로 더 유리한
고지를 점하게 된다고. 무슨 말인지 모르지? 현행법상
혼인이 해소되거나 이혼 소송을 낸 뒤에야 배우자를 간
통죄로 고소할 수 있다 이 말이야. 형사 소송법 제229
조! 간통죄로 고소되면 선생 생활하기 힘들걸. 허긴 바
람 피우는 년이 법 같은 게 보이겠어.

**인 옥**  날 죽여!

**병 수**  나도 내가 이렇게 지독한 놈인지 몰랐어.

**인 옥**  (T.V 끄며) 끝내.


병수, 인옥에게 리모컨을 빼앗으려고 하나 인옥은 리모컨을 주려고
하지 않는다.
병수, 주머니에서 리모컨을 하나 더 꺼낸다.


**병 수**  (T.V 켜며) 타협하자. 나만 여기서 쫓아내겠다고? 날 못
믿는 모양인데, 걱정 하지 마. 필름은 잘 모셔놨으니까.
찾아도 소용없어. 힌트 하나 줄까? 에드거 앨런 포의
'도둑맞은 편지'! 하하하.

**인 옥**  (T.V 끄며) 너 언제까지 남한테 빚만 지고 살 거니?

**병수**　그러니까 빚 갚을 기회 달라는 거 아니니.

**인옥**　넌 남자가 자존심도 없니?

**병수**　누구 좋으라고 내가 자존심 세워. (라이터를 보며) 안 그러니 정진아?

**인옥**　이제 그만하자. (이혼 서류를 꺼내면서) 도장 찍고 이 집 가지면 되잖아.

**병수**　남이 가니까 대학가고 남이 하니까 결혼하고 남이 하니까 고시하고 남이 하니까 나도 가볍게 이혼하라고? 남이 하니까. 내가 뭐야? 내가 뭐냐고? 내가 원해서 된 게 뭐가 있냐고? (사이) 내가 원하는 건 집이 아니야. 내가 원하는 건…….

　　　사이. 병수, 말없이 담배를 깊게 핀다.

**인옥**　나 정말 피곤해. 쉬고 싶어.

**병수**　피곤한 건 나도 마찬가지야. 그렇지만 이건 내 생존이 달린 문제야. 니가 약간의 선의만 지니고 있다면 문제는 별로 심각하지 않다고 생각하는데…… 혹시 아니? 내가 덜컥 고시합격이라도 하면 너도 생각이 달라질 걸. 그리고 적어도 우리는 살을 비빈 부부사이잖아. 난 니가 언젠가 나한테 다시 돌아올 거라고 생각해. 나, 너도 알다시피 속 좁은 놈 아니라구. 여자라고 실수하지 말란 법이 어디 있어? 누구나 한 번쯤은 호기심에 딴 사람한테 한눈 팔 수 있는 거잖아. 우리, 이 고비만 잘 넘기면…….

**인옥**    너무 멀리 왔어.

**병 수**    우리도 참 괜찮았잖아……. 자기 전에 머리 쓸어주면서 시나 소설 읽어 줬잖아. 백석 시 '여우난족골' '남신의주 유동 박시봉방' '나와 나타샤와 흰 당나귀' …… 가난한 내가 아름다운 나타샤를 사랑해서 오늘밤은 푹푹 눈이 나린다. 눈은 푹푹 날리고 나는 혼자 쓸쓸히 앉아 소주를 마신다. 나타샤와 나는 눈이 푹푹 쌓이는 밤 흰 당나귀를 타고 산골로 가자. 산골로 가는 것은 세상한테 지는 것이 아니다. 세상같은 것은 더러워 버리는 것이다. 눈은 푹푹 나리고 아름다운 나타샤는 나를 사랑하고 어데서 흰 당나귀도 오늘밤이 좋아서 응앙응앙 울 것이다. (사이) 울 것인데, 나는 니 소리에 취하고 니 입김에 취해 푹푹 니 속에 깊이깊이 들어 잠이라는 것이 드는 거디였다. 하하. 그래, 그랬던 것도 같은데 (사이) 사랑이 뭐지? 장흥 러브호텔에 널부러져 집에 가자

는 내 손을 끌어당기며 꿈틀대던 니 허연 육체에, 쏟아
져 내리는 유성을 보면서 청춘의 소원을 빌겠다고 양배
추처럼 포개져 앉아있던 양수리 새벽 강가에 사랑이 있
었나? 너를 안은 첫날 밤 찢긴 니 몸에서 나오는 시뻘
건 피가 하얀 침대를 다 적셔 비린내로 진동하던 그 방
안에 사랑이 있었나? 그러던 니가 니가 살던 4층방에서
접어 날린 종이비행기에 뭐라고 적어 놓았는지 알아?
"우리, 끝이야" 그때 그 추잡한 사랑을 끝냈어야 했나?
그 닫히는 창문소리에 화답하기 위해 내 사랑을 종결했
어야 했나? 나는 가 닿지도 않는 비행기를 4층으로 올
려 보내며 사랑은 어쩔 수 없는 것이다 구걸해도 되지
않는 것이다 사랑은 사람의 일이 아니라 신의 일이라며
그 운명 앞에 주저앉고 말았어야 했나? 새벽이 오도록
그 잘나 빠진 건물주와 같이 살고 있는 니 창문은 열리
지 않았어. 그때 난 처음 알았지. 새벽이 왜 푸른 빛인
지. 4층 위에 너는 내가 가질 수 없는 존재다. 내가 소유
할 수 없는 것은 존재하지 않는 거다. 그건 다 구름 같
은 거다. 그것은 내 가난이 만들어낸 꿈과 허깨비일 뿐
이다. 그런 생각이 들 때쯤 니 창문에 불이 들어오고 너
는 4층에서 내게로 왔어. 꿈같이…… 그리고 하늘색 남

방의 단추를 풀고 니 가슴에 내 손을 가져갔지. 그 4월 밤, 얼어버린 내 손에, 그 팔딱이던 심장소리에 취해가던 내 손아귀에, 잊을 수 없는 니 젖무덤에 사랑이 있었나? 나를 낳지 않은 어미의 가슴이 내 손이 잡혔는데, 거기에 사랑이 있었나? 우리 어쩌다가 이 모양이 됐지? 뭐가 문제지?

**인옥**    의심 때문이야. 어느 순간 나는 너를 못 믿게 되고 너도 나를 못 믿고…… 의심은 없는 일도 만들어 내고…… 없는 일도 만들어 가고…….

**병수**    의심 때문이고? 개폼잡지마. (쇼핑백을 들추어 내며) 넌 잘해 봐야 상표나 소비해야 허기가 채워지는 임대업자의 딸 내미일 뿐이야. 소비를 해야만 살 것 같고, 시나 소설로 치장해야 살아있다고 느끼는 부르주아 쓰레기에 불과 하다고. 돈밖에 모르는 부르주아가 한 게 뭐야? 이 산 저 산 다 파헤쳐 골프장이나 만들고 명당이란 명당은 다 찾아다니면서 호텔이다 콘도다 스키장이다 다 헤쳐 놓고 아주 전국을 초토화 시켰잖아. 돈만 된다면 안 하는 게 없는 게 니들 부르주아 밥통들, 허접 쓰레기들 아니야? 고향을 없애 버렸어. 산이며 들이며 강이며 그 아름답고 소담스런 땅덩이를 기계충 먹은 칠득이로 만

들어 났다고. 그렇게 파헤쳐서 번 돈으로 없는 사람들
한테 위화감 조성하고 열등감 심어주고 그도 모자라 마
치 니들처럼 사는 것이 삶인 것처럼 기만하고…… 돈
좀 있다고 사람 우습게 보고…… 니가 그런 놈의 딸내
미라고. 알아?

**인 옥**  그래, 너는 내 호기심의 여분이었을 뿐이야.

**병 수**  그래서 나를 쓰레기처럼 버리겠다구.

**인 옥**  내가 어떻게 해줄까?

**병 수**  너를 파괴해버리고 싶어. 니가 망가질 대로 다 망가졌
으면 좋겠어. 이 구역질 나는 집안에 불이라도 확 싸질
러 버리고 싶어.

**인 옥**  여기서 더. 여기서 더. 어떻게? 그래 나를 4층 방으로
돌려줘. 도대체 얼마나 더 밑바닥에 쳐박고 싶어?

**병 수**  어렵게 생각하지 마. 별 문제 아니야. 의외로 간단한 문
제니까. 나도 내 살 길을 찾으면 아무 말 없이 떠날 거
야. 그게 내일이 될지 10년 후가 될지 그건 나도 몰라.
(병수, 인옥의 지갑을 뒤져 돈을 꺼내며) 아깝게 생각하지 마. 술
먹고 생각이 바뀔 수도 있으니까. (나가려다가) 아까 신문
읽다가 보니까 N.G.O라고 나오던데 그게 뭐냐?

**인 옥**  뭐?

**병 수**    아니야. 진짜 몰라서 물어 보는 거야. 선생님이 질문을
하면 답을 줘야지.

**인 옥**    Non Governmental Organization. 비정부조직.

**병 수**    비정부조직! 그럼 너는 G.O야? 정부조직? (라이터를 보며)
이 라이터 다 쓸 때까지 시간을 줄 테니까 뭐가 좋을지
잘 생각해봐. G. O, GO!

병수, 나간다.

# 4

윤재의 집, 저녁.


**윤 재**  니네 애 낳아봐라. 지옥이야. 지옥. 처음엔 좋아 죽지. 빨고 깨물고. (진숙에게) 아직도 못 재웠어? 자면 나와서 술 좀 따라라. 응? 이런 날은 장모한테 맡기면 어디가 어떻게 되나? 야! 야!

**병 수**  너 진숙이한테 야가 뭐니?

**윤 재**  뭐 이상해? 애 낳고 한 5개월 됐나 우리 애가 나를 빤히 쳐다보는 거야. 그것도 아주 한심하다는 듯이. 그 쳐다 보는 눈빛이 얼마나 허무하던지? 내 정자에도 허무가 들어 있었나? 하하하.

**동 현**  운동장이다. 몇 평이냐?

**윤 재**  64평. 전망 좋지? 내 청춘은 이 집 한 채에 묻혔다.

**동 현**  아, 왜 이러십니까? 잘 나가는 개그맨이.

**윤 재**  아, 왜 이러시다니? 집 생기고 차 생기면 끝이야. 보수 주의자의 관성이 생기거든. 그 관성으로 끝까지 가는 거지. 자 우리의 끝을 위해서. 동현아 합격 축하한다. 니들은 내년에 한 방에 1, 2차 다 붙어 버려라.

**병수**    끔찍하다. 벌써 8년째야. 정말 이러다가 누구처럼 되겠다.

**윤재**    나만이는 여전히 출몰하니?

**병수**    그 사람 어제도 봤다 야. 하나 하나…… 담배 달라길래 두 개비 줬지. 그랬더니 한 개비는 돌려주더라고. 내참 웃겨서.

**동현**    고시하다가 미치는 사람이 한둘이냐?

**윤재**    (술 마시고 나서) 나 요즘 죽을 맛이다. 다시 변호사 개업이나 해야 될까봐. 개그맨 그것도 장난 아니다. 아주 전쟁터야. 방송국. 자기 개발하지 않으면 굶어 죽기 딱 좋은 데가 방송계야. (10만 원짜리 수표를 내 놓으며) 10만 원. 좋은 소스 없냐?

**병수**    10만 원! 우리 스터디 팀에 여자애 둘이 있었는데. 한 애가 생긴 건 남잔데 애교를 엄청 떨어요. 내가 그랬지 "너 생긴 거 답지 않게 애교 만점이다. 너 앞으로 호를 애교라고 해라". 그랬더니 그애가 하는 말이 어릴 때 할머니랑 같이 지내서 그렇다는 거야. 그 말을 듣고 있던 여자애가 그러는 거야. "저도 한 애교 하거든요. 어릴 때 우리 집에 할머니들이 많았거든요." 그래서 내가 그랬지. "니네 양로원 했니?"

**윤재**   재미있는데. 병수야, 너도 개그맨 시험 봐라.

**병수**   그럴까? 추배야, 우리같이 개그맨 시험이나 볼까?

**추배**   (술을 마시며) 이제 우리가 만나서 나눌 거라곤 이런 잡담밖에 없구나.


사이.

병수의 핸드폰이 울린다.


**병수**   여보세요? 삼촌이세요. 아니에요. 나랑 이름이 같은 애가 있어서. (핸드폰을 끊으며) 이거 이름을 바꾸든지 해야지.

**동현**   참 니네 '새날' 아저씨 알지? 학교 앞에서 학사주점하던 아저씨 있잖아. 얼마 전에 지하철에서 우연히 만났는데, 여전하더라. 여의도에서 당구장 한대. 그 아저씨 참 잘해 줬는데, 아마 외상술값 대신 받은 학생증이 라면박스로 3박스는 넘었을걸.

**윤재**   아줌마는 잘 있대?

**동현**   왼쪽 눈 실명했대. 고래싸움에 새우등 터진 격이지.

**추 배**   동현아, 너 그 얘기 왜 꺼내? 저의가 뭐야?

**동 현**   뭐? 아니 나는…… 어떻게 너는 사람이 하나도 안 바뀌었니? 지금 나랑 사투라도 하자는 거야. 뭐야?

**추 배**   뭐?

**병 수**   (사이) 추배야, 너는 시민운동에 대해서 어떻게 생각하니? 시민운동, 이거 뭐를 해도 할 거야. 난 믿어. 내 생각엔 말이지. 프랑스 68세대가 했던 일을 우리도 해내야 한다 이거지. 우리가 누구냐? 6월 항쟁세대 아니냐? 우리가 패배주의에 빠질 필요는 없다고 봐. 세상이 이만큼 민주화되고 비판의 공간이 확보된 것도 알고 보면 나름대로 우리 노력의 결실 아니겠냐? 나름대로 열심히 살고 있는 사람이 얼마나 많니? 안 그러니 추배야? 이제 좀 우리도 자신들에 대해서 당당해지고 자긍심을 가질 필요가 있지 않을까?

**동 현**   내 생각에 말이야, 컴퓨터 이게 혁명이라고 봐. 옛날처럼 길거리로 뛰어 나가지 않아도 운동이 가능하다 이말이야. 자판만 두드리면 그게 혁명이거든. 의식이 실천이다 이거야. 의식의 진보성은 이미 하나의 실천이 되는 거지. 옛날처럼 생각은 있어도 실천하지 못해서 괴로워 할 일 없다 이거야. 의식은 말들을 만들고 말들

125

은 자판에서 춤추고 그것이 하나의 파워가 된다 이거
지. 역사의 필연성은 잠재적인 것. 인간활동의 매개 없
이 어떤 필연성도 작동하지 않는다. 자판을 두드려라
필연성, 작동한다. 이거 혁명 아니니? 안 그러니 추배
야? 자 건배. 혁명을 위하여!

**윤재**　혁명을 위하여! (술을 마시고 나서) 놀면 뭐하냐? 한 판 돌
　　　려야지.

**동현**　좋지. 오늘 수입 좀 올려?

사람들, 일어나서 방으로 들어가려고 한다.

**병수**　같이 하자. 추배야.

**추배**　아니야.

**윤재**　그래, 그럼 앨범이나 보고 있어라. (방으로 들어가려다가) 추
　　　배야, 너 자식아 너무 금욕적으로 사는 거 아니야?

친구들 한 쪽 방으로 들어가고 추배 혼자 남아 술을 마시다가 일어서
려고 하는데, 윤재의 아내 진숙이 나온다.

**진숙**　뭐해?

추 배   자? 포커 친다고 들어가서.


둘은 앉아 있다가 앨범을 본다. 어색한 침묵.


추 배   언제 찍은 사진이야?

진 숙   윤재 씨 집사 안수 받을 때 찍은 사진이야.

추 배   집사?

진 숙   교회 열심히 다녀. 웃기지? 애 유아 세례까지 받았어.

추 배   살 만해?

진 숙   봤잖아. 너는?

추 배   …… (사이) 요새는 편지 같은 건 안 쓰지?

진 숙   받을 사람이 없잖아.

추 배   그때는 무슨 힘으로 버텼는지 몰라 아마 요즘 같아선 하룻밤만 안 재워도 다 불어 버릴 텐데. 니 편지 때문에 버텼나?

진 숙   진짜 촌스럽다.


진숙, 술병과 잔을 들고 나간다. 사이. 병수, 나온다.


병 수   아주 꾼들이구만.

친구들 나온다.

**윤재**　역시 되는 놈은 된다니까.

**병수**　벌써 끝났어?

**동현**　너 빠지니까 돈 잃을 사람이 있어야지? 한 판으로 정리
　　　했다. 액면이면 먹으라고? 넌 내 액면보다 안되는 거
　　　들고 나랑 배팅을 하니? 하하하.

**병수**　(사진을 친구들에게 들이밀며) 이게 나다. 동현이 폼 잡은 거
　　　좀 봐. 삼수 안경이 반이다. 반. (사이) 게 뭐 때문에 분신
　　　했지? 알다가도 모르겠어. 게 운동에 관심도 없었잖아.

**동현**　과거는 알 수 없는 데서 불쑥불쑥 고개를 들이미는구
　　　만. 삼수는 말이야…… 아니다. 자기를 증명하려고 못
　　　할 일이 없는 게 인간이니까.

**윤재**　나가자. 내가 오늘 찐하게 한 방 쏜다.

병수, 라이터를 찾아보는데 없다. 방 안에 들어갔다가 나온다.

**윤재**　왜?

**병수**　내 라이터 못 봤니? (자기 호주머니를 뒤지며) 좀 찾아봐라.

사람들, 호주머니를 뒤진다. 병수, 호주머니를 뒤지는데 주머니에서 천 원짜리 몇 장과 동전만 나온다. 동전이 떨어진다. 주저하다가 동전을 주우려고 한다.

**동현**　와. 많이도 땄다. 이게 얼마야? (라이터가 나오자) 이거니?

병수의 핸드폰이 울린다.

**병수**　떨어졌다구요. 떨어졌어요. 다른 사람이라니까요.

병수, 전화를 끊고, 동전을 주워 일어난다.

**동현**　(주며) 극-기-정-진!

**병수**　야, 넌 왜 남의 물건에 손대고 그래? (사이) 너 내가 그렇게 만만해 보여? (나가려다가) 왜 너 혼자서 모든 걸 다 가질려고 그래?

친구들, 아연해 한다.

# 5

비즈니스 클럽 '불꽃'.

이 장면은 병수의 기억에 남아 있는 장면들로만 구성된다. 중간 중간
병수의 의식은 테이프가 끊긴 상태다. 따라서 이 장면은 의식의 파편
들로 구성된다.


병삼이 아가씨들과 함께 들어온다. 추배는 이미 취했는지 고개를 숙
였다 들었다 한다.


**병 삼**    형님들, 이렇게 우리 비즈니스 클럽 '불꽃' 을 찾아주셔
서 고맙습니다요. 전병삼입니다. 목포서 한 주먹하다
서울로 픽업돼부렀습니다요. 나가 서울 와서 진짜 남자
를 뵙고만요. 형님들 눈부십니다. 기냥 온몸에서 지성
이 몸부림쳐부러. 형님들, 우리 아그들 소개하것습니
다. 우리 클럽 불꽃의 막내 희선이고, 야가 조금 있으면
뜰 혜수고, 아 야는 러시아에서 직수입한 백마 나타샤!
모스크바에서 선생님 하던 엘리트 여성입니다. 야들아,

뭣들 하냐 인사 안허고? 형님들 잘 모셔라잉. 우리나라 미래를 책임질 성님들, 다시 말해 엘리트 성님들인게. 필요한 거 있으면 하시라도 불러주십시요이.

아가씨들, 인사 겸해서 춤을 추면서 노래 부른다. 병수와 그의 친구들, 흥겹게 박수 치며 술을 마신다

윤 재  애들야, 이게 아주 복잡한 자리이니까 신경 좀 써라. 이분은 이번에 고시에 합격한 형님이고 이 두 분은 내년에 붙으실 나리들이고. 나? 나야 기쁨조지.

병 수  야, 오늘 덩어리들이 다 뭉쳤구나.

동 현  일단 폭탄주 한 잔씩 돌린다. 장전!

윤 재  야, 지금이 어느 시댄데 폭탄주냐? 일명 사정주! 추배야. 너 이 술 먹고 확실히 사정해 버려라. 너 아직도 총각이라는 이상한 소문이 있던데. 맞어? 야, 임마!

사정주를 마시며 환호하는 사람들. "하라쇼! 오첸 하라쇼"
윤재가 나가 축하와 위로를 겸해서 먼저 한 곡 부른다. "하라쇼"

의식의 암전상태.

라이터의 불이 켜진다.


병 수   너 이리 와봐. 너 유방 수술했지? 모델이 누구냐?

혜 수   네?

병 수   너 내가 너한테 충고 한마디 하겠는데, 너! 절대로, 절대
        로 나 좋아하지 마. 알았지? 절대로 날 좋아하면 안된
        다. 너 아까부터 나를 보는 눈이 심상치 않어. 하하하.

혜 수   오빠, 왕자야?

병 수   넌 담배빵! 왕자하고 담배빵이 만나면 왕자빵.

아 라   이 오빠 완전히 냉장고야.


병수는 타고 있는 담배를 입 안에 집어넣는 묘기로 여자들의 관심을
끈다. 여자들 박수 친다.


병 수   혜수야, 내가 너를 웃겼으니 너도 나를 좀 웃겨다오.

혜 수   오빠야 왕자니까 이년을 데리고 놀지만 내가 어찌 오빠
        를 갖고 웃겨요.

병 수   괜찮다. 웃겨다고.

추 배   (고개를 들었다 다시 고개를 쳐박는다)

혜 수   (사이) 오빠 알 3개 봤어? 두 개는 마누라 거고 알 하나는

바람 필 때 쓰는 남자.

**병수**   알 하나도 알지. 고독한 알이라고 장가도 못 간다며.

**혜수**   오빠가 그 얘길 어떻게 알아?

**병수**   니네 조직이지? 빨리 불어? 어떤 조직이야? 배후가 누구냐? 너 유방 수술했지?


라이터, 동현에게 넘어간다.

의식의 암전상태.

라이터 불이 켜진다.


**병수**   Can you speak Korean?

**나타샤**   a little.

**병수**   너 러시아에서 뭐 가르쳤니?

**나타샤**   poem, novel.

**병수**   뭐?

**나타샤**   이름이 뭐예요?

**병수**   나? 자님, 왕자님!

**나타샤**   왕자님! 왕자님 한 잔 받아요.

**병수**   좋지. 나타샤라고? Do you know Korean poet Baek Suk?

**나타샤** 백 석? 몰라요.

**병 수** 어떻게 백석을 몰라? 백석을. 가난한 내가 아름다운 나
타샤를 사랑해서 오늘밤은 푹푹 눈이 나린다. 나타샤를
사랑은 하고 눈은 푹푹 나리고 나는 혼자 쓸쓸히 앉어
소주를 마신다. …… 어데서 흰 당나귀도 오늘밤이 좋
아서 응앙응앙 울을 것이다.

병수는 나타샤에게 시 몇 구절을 알려주며 외우게 한다.

**나타샤** 응앙응앙 얼을 것이다.

**병 수** 응앙응앙 울을 것이다.

**나타샤** 울을 것이다.

**병 수** 옳지, 잘한다!

**나타샤** 나 사랑해요?

**병 수** of course!

**나타샤** 돈? 돈, 많아요?

**병 수** 돈?

라이터, 나타샤에게 넘어간다.

**병 수**  윤재야, 나 오늘 백마 좀 타자.

**동 현**  걔는 내 꺼야…….

**병 수**  니가 양보해라.

**동 현**  그거 곤란하겠는데. 임자 있는 니가 양보해라. 혜수야,
너 안 삐지니? (나타샤에게 돈을 주며) 너 러시아에서 한 달
월급이 우리 돈으로 4만 원 정도라며? 야 40만 원!!

동현, 나타샤를 안는다.

**병 수**  세상같은 것은 더러워서 버리는 것이다. 세상같은 건.

**윤 재**  추배야, 노래 한 곡 해라. 그 자식 술버릇 하구는. 야 일
어나.

**병 수**  윤재야, 너 마이크 좀 넘겨라. 너도 병이다. 병.

**희 선**  저희들은 특별 쇼 준비하러 잠시만 나갔다 오겠습니다.

**동 현**  가슴에 불질러 놓고 어디 가?

라이터, 동현에게 넘어간다.

**희 선**  잠시만 기다려요. 확실히 데워줄 테니까. 오빠도.

**병 수**  (혜수에게) 야, 너 유방 수술했지?

여자들, 나간다.

윤재, 마이크를 잡고 김용옥 흉내를 낸다.


**동 현**    (윤재의 마이크를 빼앗으며) 집합!


추배는 취해 고개를 쳐박고 있고 나머지는 나간다.


**일 동**    아싸라비아, 아싸라비아, 추배자식의 똥구녕, 병수자식
의 코딱지, 김윤재 부랄털. 김윤재 부랄털. 아싸라비아,
아싸라비아.

**동 현**    윤재야, 아싸라비아 레파토리는 어떠니?

**추 배**    (고개를 들며) 박 동 현 너, 새날 아줌마 얘기 꺼낸 저의가
뭐야? 그래, 내가 술잔 던졌다. 왜?

**동 현**    아싸라비아. 아싸라비아.


의식의 암전상태.

라이터의 불이 켜진다.


**윤 재**    나 이혼할까봐. 진숙이랑 사는 거 재미도 없고. 밖에 나
가면 여자들이 나랑 자지 못해서 난리다 난리. 추배야,

니가 진숙이 가져라. 너 옛날부터 진숙이 좋아했잖아.
내가 위자료 톡톡히 챙겨줄게.

**추 배**  (고개를 들고) 똑바로 살아. 새끼들아. 진숙이가 물건이야?
진숙이가 니 종이야? 응? 이거 아니야. 이거 아니라구.
아직 포기할 때 아니라구.

**동 현**  왜 가만있나 했다. 강요 좀 하지 마. 강요 좀. 제발 간섭
좀 하지 말라구. 사람은 다 다른 거야.

**윤 재**  추배야, 나 이혼할까봐. 진숙이랑 사는 것도 재미없고.
밖에 나가면 난리다. 추배야, 니가 진숙이 가져라. 너
진숙이 좋아했잖아. 너 진숙이 좋아했어. 그래 너 진숙
이 좋아했어 씹새끼야!! 진숙이 좋아했다구 개새끼야.
니들도 애 낳아봐라……

**동 현**  강요 좀 하지 마 강요 좀.

**추 배**  강요, 강요라구? 21세기에 웬 말라 비뚤어진 설교냐구?
니들이 뭘 알아? 니들이 감옥이 뭐고, 고문이 뭔지 아
느냐고? (그만두려다가) 뭐 다르다고? 차이를 인정해 달라
고? 나무는 물이 아니고 물은 새가 아니고 꽃은 구름이
아니고 바람이 아니라고? 진달래는 개나리가 아니고
개나리는 민들레가 아니고 민들레는 들국화가 아니라
고? 너는 너고 나는 나라고? 간섭하지 말라고? 왜 모든

사람이 기호가 다르고 취미가 다르고 취향이 다르고 생각이 다르면 안되냐고? 왜 모든 사람이 같은 방향으로 움직여야 하냐고? 그걸 강요하냐고? 그게 폭력 아니냐고? 인정해. 나도 인정해 모든 사람의 개성을 인정한다고. 그렇지만 다른 걸 인정하기 전에 합의해야 할 게 있는 거 아니야? 인간이니까 무엇이 그르고 무엇이 옳은지 판별할 선의지는 있는 거 아니냔 말이야. 그거 같아야 하는 거 아니야? 그게 없다면 무엇에 기대냐고? 보라구 우리 역사에서 뭐가 청산됐어? 어떤 놈이 처벌되고 어떤 놈이 책임을 졌어? 우리 역사에서 뭐가 제대로 처리된 적이 있냐고. 그러니 그놈이 그놈이다. 저놈이 얼마나 가. 남는 건 냉소와 무관심. 수다와 잡담, 너스레, 원칙이 없으니까 웃고 떠들자는 거 아니야. 언제까지 놀다가 말 거냐고 언제까지…… 이건 아니야. 이건 아니라고. 우리 이렇게 살면 안돼. 안돼. (사이, 술기운 때문에 고개를 숙이며) 안돼…… 윤재야, 너 진숙이한테 그러면 안돼. 진숙이한테…….

**동현**   술맛 정말 드럽게 없네.


동현, 라이터로 담배에 불을 붙인다.


138

**병수**    야! 내 정진이.

라이터, 병수에게 넘어간다.
의식의 암전상태.
라이터에 불이 켜진다.

**희선**    클럽 '불꽃'의 꽃 오늘의 하이라이트를 시작하겠습니
다. 앞 잔에다 보드카를 따라 주세요. 점화! 자 이제 소
등. 러시아의 불꽃 나타샤!

양주잔에서 파란 불이 올라온다. 나타샤가 스트립쇼를 시작한다. 구
소련의 국기 문양의 겉옷을 하나씩 벗어나가는 나타샤. 사람들이 만
원짜리를 알몸이 된 나타샤의 몸에 침을 발라 붙여준다.

의식의 암전상태.

# 6

어느 여관. 밤.

정부, 한참 인옥을 쳐다본다

**인 옥**　왜?

정부가 옷을 입는다.

**인 옥**　가지마.

**정 부**　사람은…… 아니, 사랑은…….

**인 옥**　사랑이 뭐? 말 좀 해. 답답해.

정부가 나가려 하자 그를 잡는다. 계속 잡는다. 정부가 인옥을 때린다.

**인 옥**　왜?

**정 부**　넌 왠지 지저분해 보여.

남자, 나간다. 아연해 하는 인옥.

# 7

고시원 옥상.

추배는 고시 서적과 그간 읽던 책을 던져 수북히 쌓는다.

**추 배** 패배자. 그게 나구나. (사이) 패배자라는 말이 나를 조각하는 소리를 듣는다. 그 말이 정이 되어 나를 치는 소리를 듣는다. 패배자라는 말이 조각하면서 쳐낸 파편들은 지금 어디에 있는 것일까? 나는 얼마나 많은 말들로 얼마나 많은 사람들을 조각했단 말인가? 내 말에 가두려고 내 비유에 가두려고 나는 또 얼마나 안달한 것인가? 그렇게 가둬야만 내 속에 질서가 생겼단 말인가? (책들을 찢으며) 말말말 말말말 ……. 말에서 말로 또 말에서 말로 말을 외우고 또 외우고 또 외우고 말을 재생하고…… 내 신념은 그저 암기된 말이 아닐까? 이 순간 나는 또 누구의 말을 떠올리고 있는가?

추배, 운다.

**추 배**   (사이, 책과 자기 몸에 시너를 뿌리며, 라이터 불을 켜고 웃으며) 불불
불 불불불 침묵도 태우지 못하고 치욕도 태우지 못하고
오직 죽음만 태울 불불불. 근데 왜 이렇게 기쁜 걸까?
나는 이제 너와 나의 차이가 아무런 의미도 없고 아무
런 공포도 조장하지 않는 침묵의 세계로 간다. 안녕, 내
가 사랑했고 싸웠던 모든 것아 안녕. 말아 안녕!!

타오르는 불길. 끝없이 번져가는 불길.
소방차의 사이렌 소리.

# 8

병수의 집, 오후.

인옥이 어지럽혀 놓은 집안을 정리하는 병수. 담배를 피우려고 라이터를 찾는데 없다. 가스레인지에 담뱃불을 붙이다가 머리카락을 태운다. 라이터의 행방을 알아보려고 이리 저리 전화를 건다.

**병 수**  (전화를 걸며) 윤재? 나야 병수. 니가 내 정진이 가져갔니?

**윤 재**  정진이가 누구야?

**병 수**  내 라이터 '극기정진'

**윤 재**  어제부터 왜 라이터 타령이야?

**병 수**  좀 찾아봐. 있으면서 없다고 하는 거 아니야?

**윤 재**  없다니까. 야, 넌 무슨 애가 라이터를 다 찾고 그래?

**병 수**  어제 너희 집에서 나올 때 확실히 내가 갖고 있었니?

**윤 재**  그래, 동현이가 니 라이터 가지고 있다고 뭐라고 그랬잖아. 너 추배 어떻게 됐는지 알아? 전화도 안 받던데…….

**병 수**  추배? 어제 무슨 일 있었어?

**윤 재**　됐다. 끊어.

**병 수**　(전화를 걸며) 동현이니?

**소 리**　아비요.

**병 수**　자식아 장난치지마.

**소 리**　동현이 애비요.

**병 수**　니가 애비면 나는 할애비다.

**소 리**　너 누구냐?

**병 수**　아, 죄송합니다.


추배에게 전화를 걸지만 받지 않는다.


**병 수**　아 자식, 어디 간 거야?


인옥이 들어온다.


**병 수**　내가 힌트를 너무 많이 줬나?

**인 옥**　…….

**병 수**　그놈이랑 잤냐?

**인 옥**　신경 쓸 거 없잖아.

**병 수**　신경 쓸 거 없지. 그런데 신경이 쓰이네. 자꾸 신경이

144

쓰여. 너 말고 내 라이터. 어디 간 거야?

병수, 나간다.

# 9

클럽 '불꽃'. 늦은 오후.

사람들, 장사 준비에 한창이다.


**병 수**   실례합니다.

**혜 수**   이 오빠!?

**병 삼**   뭔 일이요? 어제 형님들, 잘 들어갔나 모르것네.

**병 수**   혹시 정진이 못 봤어요?

**병 삼**   뭔 말이요?

**병 수**   내 라이터⋯⋯. 라이터에다 내가 '극기정진'이라고 써
         놨는데⋯⋯.

**병 삼**   잘 나가는 형님이 뭔 놈의 라이터를 찾고 난리요. 스타
         일 구기게.

**병 수**   그럴 이유가 있어요.

**병 삼**   야들아 못 봤냐?

**희 선**   난 못 봤는데⋯⋯.

**혜 수**   백말이 챙겼나? 게 취미가 라이터 모으는 거 같던데.

**병 삼**    아가 나타샤!

**나타샤**    (나오며) 불렀어요?

**병 삼**    아야, 너 라이터, 라이터. 못 봤냐?

**병 수**    하얀색으로 극기정진이라고 써났는데…… 초록색 가스 라이터. 못 봤어요?

**나타샤**    라이터? 아니요.

**병 수**    그러지 말고. 좀 찾아봐 줄래요?


나타샤, 라이터가 든 작은 바구니를 가지고 온다.


**나타샤**    없어요. 찾아봐요.


병수는 라이터를 찾는다.


**병 삼**    와따, 형님 아무거나 하나 가지고 가쇼. 다른 라이터도 아니고 300원짜리 가스 라이터 가지고 뭔 놈의 난리부르스요. 아야, 가서 맥주나 한두 병 가지고 와라.

**희 선**    오빠들, 어제 싸우는 거 같았는데 괜찮아요?

**병 수**    기억이 안 나는데…… 어제 싸웠어요?

**혜 수**    오빠 하나가 먼저 갔는데, 희선아, 니가 택시 잡아 줬니?

**희 선**  택시 잡아 준다고 해도 막무가내로 가던데…….

**병 삼**  시원하게 맥주나 한 잔하고 가쇼. 뭐 하냐? 한 잔 따라 올려라.


병수, 어제 술 먹던 곳으로 가서 라이터를 찾는다.


**병 삼**  애인이 사 준 거 갑네. 엔간히 하쇼.

**병 수**  혹시 우리 나가고 누가 또 오지 않았어요?

**병 삼**  거기가 어제 막차 탔구만. (바구니를 뒤져 꽤 괜찮은 라이터를 주며) 대신 가지쇼. 화력 죽이는구만.

**병 수**  (집어 던진다)

**병 삼**  이게 시방 뭔 짓이요? 남의 예의를 요로코롬 팽개쳐야?

**병 수**  꼭 정진이어야 한다니까. 내 말 알아들어? 꼭 극기정진 이여만 한다구.

**병 삼**  뭐야? 살짝 열 받어 불려고 그러는구만.

**병 수**  숨겨 놨지. 빨리 내놔.

**병 삼**  이게 뭔 말이당가? 시방 나가 그 잘라 빠진 라이터를 숨겨부럿다 이 말이요 뭐여? 나 전병삼이가. (만 원을 주며) 꺼져 부러라. 나 전병삼이 라이터 땀시 열 받고 싶은 사람 아닌게.

**병 수**    (만 원을 던져버리며) 내 인생이 달린 라이터란 말이야.

**병 삼**    돈이 너무 적어야? 너한테는 인생이 걸렸는지 목숨이
         걸렸는지 모르겠지만 우리 장사해야 하니까 가쇼. 안
         가? 나가 지성인답게 행동하려고 했는데, 말이 안 통하
         는구마이.


         병삼, 웃통을 벗는다. 문신이 새겨져 있다.


**병 삼**    야, 너 용돼 불래 아니면 좆돼 불래? 그것도 아니면 맞
         고 갈래? 그냥 갈래?


         병삼, 병수를 문 밖으로 끌고 간다. 맥없이 끌려 나가는 병수.


**병 삼**    상당히 웃겨부는 놈이구만. 아야, 가서 소금 좀 뿌리고
         와라.

**혜 수**    오빠!

**병 삼**    멋있냐?


         혜수가 소금을 뿌리고 있는데, 병수가 식칼을 들고 들어와 병삼의 목
         에 댄다.

**병 수**    다 꿇어.

**병 삼**    어따 이건 또 뭐다요?

**병 수**    죽기 싫으면 꿇어.

**병 삼**    아기들아 나가 어쩌야 쓰것냐?

**병 수**    가서 끈 가지고 와. 어서. 딴 생각하지 마. 팍 죽여버릴
수도 있으니까. 어서.

**혜 수**    알았어요.

**병 삼**    없는 라이터가 어디서 난다요? 이러지 마쇼 형님. 이건
살인미수랑게.

**병 수**    꿇어.

**병 삼**    아따 당그쇼. 글 안해도 몸이 근질근질했는데. (목에 바짝
대자) 아따 형님 왜 이러쇼?

**병 수**    가만히 있어. 죽일 생각은 없으니까.

**병 삼**    형님, 형님이 법을 지키쇼. 우리나라는 법치국간게.


혜수, 노끈을 가져온다.


**병 수**    손하고 다리 묶어. 잘 묶어.


혜수, 병삼의 다리와 팔을 꽁꽁 묶는다.

**병 수**  겁낼 것 없어. 정진이 찾으면 조용히 나갈 테니. 이리다 모여. 모여 빨리 모여. 이제부터 어제 술자리에 있었던 일을 재현한다. 정확히 기억해야 돼. 라이터가 어디서 어디로 움직였는지. 자. 빨리 가서 자리를 잡어.

**병 삼**  형님 저는?

병수는 손수건으로 병삼의 입을 틀어 막는다.
아가씨들, 어제 그 자리에 가서 자리를 잡는다. 병수의 친구들도 자리를 잡는다.
병수는 마치 형사가 취조하듯이 어제 술자리에서 일어난 일들을 재현시킨다.

**병 수**  남자 4명이 들어와 앉는다. 너희 지배인, 그래 저놈이 목포 어쩌고 하면서 자기 소개를 하고 너희들도 하나씩 소개한다. 그리고 너희들이 춤을 추면서 노래를 했지?

**혜 수**  네.

**병 수**  그래. 그리고 사정준가를 마신다.

**희 선**  사정주를 마시며 러시아 말을 외쳤어요.

**병 수**  그래, 하라쇼! 하라쇼! 오첸 하라쇼! 그리고 나서?

**희 선**  그리고 나서 개그맨 한다는 오빠가 노래를 불렀어요.

병 수  그때 나머지 사람은 뭐했어? 그때 라이터는 누가 가지고 있었어?

희 선  잘 모르겠는데…….

병 수  생각해봐.

혜 수  저한테 오빠가 충고했어요. 오빠 좋아하지 말라고. 그때 오빠가 담배를 피웠던 것 같아요. 그러니까 그때까지는 오빠가 라이터를 가지고 있었던 것 같아요.

병 수  너 유방 수술했지? (사이) 확실해. 내가 가지고 있었지? 나머지 사람은?

혜 수  오빠가 나타샤한테 시 가르쳐주고 담뱃불도 삼키고 그랬어요. 오빠가 나타샤랑 자고 싶다고 했는데……. 맞어. 그때 나타샤가 담배 피웠던 것 같아요. 그리고 합격한 오빠가 나타샤한테 돈 줬을 거예요.

병 수  그래, 나도 이제 기억이 난다. (양주를 가지고 와 따라 먹으며) 그 다음에 라이터 쓴 사람은?

혜 수  잘 모르겠는데…….

병 수  잘 생각해봐. 빨리. (칼로 위협하며) 빨리.

희 선  맞어 맞어. 우리들 불 쇼 준비하러 나가는데, 합격한 오빠가 저한테 빨리 오라고 하면서 라이터로 불 붙인 거 같아요.

혜 수    아니야, 개그맨 하는 아저씨가 라이터 썼어.

희 선    아니다.

병 수    너 유방 수술 했잖아? 됐어. 거기는 넘어가고.


병삼이 끙끙거린다.


병 수    그 다음은? 너 조용히 안해.

희 선    그 다음은 우리가 한 20분 정도 자리를 비워서 기억이
         잘 안 나는데. 밖에서 들으니까 니들이 고문이 뭔지 알
         아? 어쩌고 하는 소리가 들렸어요.

혜 수    나도 그 소리는 들었어요.

병 수    그래 나도 그건 기억나. 추배가 술이 취해서 고문이 어
         떻고 차이가 어쩌고 그랬지. 그게 중요한 게 아니야. 내
         라이터는? 라이터는?

희 선    나타샤가 불 쇼 하기 전에 보드카에다 불을 붙였으니까
         그때까지는 하여간 그 안에 있었을 거예요.

병 수    정말이지? 불 쇼 끝난 다음에는.

혜 수    오빠가 마이크를 잡고 뭐라 뭐라 했는데…….

병 수    (술을 마시며) 잘 생각해봐. 돌대가리들!

희 선    불꽃 쇼가 뭔지 보여준다며 웃통까지 벗고 그랬어요.

**병 수**　내가? 내가 웃통을 벗어?

**희 선**　네. 합격한 오빠가 나타샤랑 엉겨붙었어요. 그러고 있
　　　　는데…….

**병 수**　그러고 있는데…… 뭐?

**희 선**　그러다가 고시 떨어진 오빠가…….

**병 수**　추배가? 추배가 내 라이터를 가지고 나갔단 말이지? 확
　　　　실해?


어제 상황이 재현된다.


**병 수**　그것이 너희들의 불꽃이라면 우리도 불꽃은 있다. 시청
　　　　을 가득 메운 수많은 인파들. 하늘에서 뿌려지는 유인
　　　　물들, 곳곳에선 깃발들이 펄럭인다. 수많은 사람들이
　　　　어깨동무를 하고 행진한다. 자동차들의 경적소리, 시민
　　　　들의 환호성들. 분수대에선 6월의 햇살을 받으며 물방
　　　　울들이 솟아오른다. 그 수많은 물방울이 물보라를 일으
　　　　키며 부서진다. 하늘을 울리는 함성들. 300미터 앞, 페
　　　　퍼포그와 전경들이 먹이를 만난 야수처럼 정적에 휩싸
　　　　여 있다. 아 뜨겁다. 속에서 올라오는 이 불길을 주체할
　　　　수 없다. (병수, 웃통을 벗으며) 정적을 뚫고 우리의 투사 이

추배 웃통을 벗어 던지고 달려나간다. 온몸을 던져 달려간다. 아! 두 손을 쳐들고 고개를 좌우로 흔들며 어깨를 뒤틀며 달려간다. 뒤틀며 소리친다. 아! (마이크를 잡고) 순간 터져나오는 다연발 최루탄 소리. 따다다다 따다다다. 흩어지는 사람들 속에 미동도 않고 서 있는 우리의 영웅 추배. 하얗게 최루탄을 뒤집어쓰고 그가 웃고 있다. 사람들이 함성을 지르며 다시 밀려 온다. 온다. 다시 밀려온다. 와아! 와아! 사람들의 얼굴에는 승리의 눈물이 흘러내린다. 하염없이 기쁨의 눈물이 흘러내린다. 함성 속에 해는 지고 사람들이 자꾸자꾸 모여든다. 하나, 둘, 셋, 넷…… 어둠이 깔린, 시청, 광화문, 종로, 수많은 라이터 불이 반짝인다. 승리의 불꽃이 반짝인다. 수천 수만의 불꽃들이 반짝인다. 이렇게, 이렇게! (사람들 라이터를 깜박인다) 우리 승리하리라. 우리 승리하리. 오늘에! 확실히 믿네. 가슴속 깊이 우리 승리 하리 오늘에.

**추배**    집어쳐! 아무것도 바뀌지 않았어. 아무것도 바뀌지 않았어. 아무것도 청산되지 않았어.


병수가 마이크 잡고 있을 때 동현은 나타샤를 애무하며 거친 호흡을 몰아 쉰다. 추배, 동현을 나타샤에게서 떼어낸다.


**추 배**  그만두란 말이야. 이 개자식아. 이게 승리야? 이 룸싸롱 자본주의가, 이 카지노 자본주의가, 이 포르노 자본주의가 승리야? 다 집어 쳐.

**동 현**  왜 배 아퍼? 고시 떨어졌다고 위세야 뭐야? 넌 실패한 놈이야. 패배자라구 자식아. 혼자 고상 떨지 마. 너라고 뭐 우리랑 다를 거 같애? 너도 안고 싶지? 아니야? 싫어?


추배를 끌고 마이크 있는 곳으로 데려간다. 그리고 병수의 라이터를 추배에게 준다.


**동 현**  왜 다시 한번 우리를 이끌어봐. 다시 한번 우리를 불 속으로 이끌어봐. 어서. 다시 한번 우리의 영웅이 돼보란 말이야. 다시 한번 눈치나 보는 우리를 이끌어 보란 말이야. 다시 한번 다그치고 몰아쳐봐. 어서. (라이터를 추배에게 주며) 삼수를 불 속에 집어 넣었듯이 우리도 불태워 버리라구 자식아. 삼수를 죽인 건 너야.

**추 배**  그게 무슨 말이야? 똑바로 말해.

**동현**  시대가 삼수를 죽였다고? 시대가? 그 빌어먹을 시대가? 삼수를 죽인 건 너야. 집이 어려워 과외 3개씩 하며 어렵게, 어렵게 살려고 발버둥치는 놈을 기회주의자, 출세주의자라고 몰아세운 건 너라구. 몰랐겠지? 그렇게 한 명을 기회주의자로 만들어야 나머지가 열렬한 투사가 되니까 그래야 나머지 것들이 기회주의에서 면죄받을 수 있으니까. 몰랐겠지? 그 말이 삼수를 반년 이상 파먹었으니까. 학생회관 옥상에서 분신하며 죽게 한 건 너였다고. 그렇게라도 자기를 증명하고 싶어했던 삼수를 죽인 건 너라고. 이렇게 잘도 살아가는 우리를 다시 한번 다그쳐보라구. 불구덩이로 던져보라구. 어서.

**추배**  아니야. 아니야. 이건 너무 유치해.


병수, 운다.


**동현**  병신같은 자식아. 왜 울어?

**윤재**  (사이) 아멘. 아멘. 아멘. 분위기 좋다!


윤재, 찬송가를 부른다.

추배, 뛰어나간다.

**병 수**  추배가? (사이, 웃으며) 내가 울었다고? 왜? 내가? 왜?


병삼, 끙끙거린다. 병수, 술을 마신다.


**병 수**  가만있어. 죽여버릴 수도 있으니까. 내가 울었어? (사이)
니들은 뭐했어? 돈까지 받아 쳐먹고 뭐했냐구?

**혜 수**  우리가 뭘 해요?

**희 선**  내가 뒤따라가서 택시 태워주려고 했는데 미친 듯이 뛰
어 갔어요.

**병 수**  (사이, 칼을 들이대며) 그 다음은, 내 라이터, 정진이는? 추
배가 내 라이터를 가지고 간 거 확실해?

**혜 수**  그만해요. 우리가 무슨 죄를 졌다고 이래요? 아저씨 지
금 제정신 맞아요? 지금 고문하는 거예요 뭐예요?

**병 수**  고문? 니들이 고문이 뭔지 알아? 왜 니 이름이 혜수야?
본명이 뭐야? 너, 유방 수술했지? 했어? 안 했어? 빨리
대답해.

**혜 수**  안 했다니까요. 안 했어요. 안 했단 말이야.

**병 수**  어디서 했어? 니 가슴 모델이 김혜수야? 강남 어디야?
했지? 했잖아.

**혜 수**  그래요, 했어요. 됐어요?

혜수, 운다.

**병 수**   내가 수술했다면 한 거야. 무조건. (사이) 고문이라구? 니들이 고문에 대해서 뭘 알아? (그만두려다가) 뭐 다르다고? 차이를 인정해 달라고? 나무는 물이 아니고 물은 새가 아니고 꽃은 구름이 아니고 바람이 아니라고? 진달래는 개나리가 아니고 개나리는 민들레가 아니고 민들레는 들국화가 아니라고? 너는 너고 나는 나라고? 간섭하지 말라고? 왜 모든 사람이 기호가 다르고 취미가 다르고 취향이 다르고 생각이 다르면 안되냐고? 왜 모든 사람이 같은 방향으로 움직여야 하냐고? 그걸 강요하냐고? 그게 폭력 아니냐고? 인정해. 나도 인정해 모든 사람의 개성을 인정한다고. 그렇지만 다른 걸 인정하기 전에 합의해야 할 게 있는 거 아니야? 인간이니까 무엇이 그르고 무엇이 옳은지 판별할 선의지는 있는 거 아니냔 말이야? 그거 같아야 하는 거 아니야? 그게 없다면 무엇에 기대냐고? 보라구 우리 역사에서 뭐가 청산됐어? 어떤 놈이 처벌되고 어떤 놈이 책임을 졌어? 우리 역사에서 뭐가 제대로 처리된 적이 있냐고? 그러니 그놈이 그놈이다. 저놈이 얼마나 가? 남는 건 냉소와 무관심. 수다와 잡담, 너스레, 원칙이 없으니까 웃고 떠들자는 거 아니야. 언제까지 놀다가 말 거냐고 언제까지…… 이건 아니야. 이건 아니라고. 우리 이렇게 살면 안돼. 안돼. 안된다구. (사이) 그만 울어? 다시 시작해. 그 다음은 추배가 나간 다음 내 라이터 정진이는? 추배가 들고 나갔어? 아니면 두고 나갔어? (핸드폰이 울리자 핸드폰을 받으며) 뭐?

무대, 암전.

# 10

영안실, 향불이 타고 있고, 웃고 있는 추배의 영정 앞에 국화꽃이 놓여 있다.

**경 찰**  이유가 확실해야 된다 이겁니다. 그러니까 전날 술자리에서 싸웠다 이겁니까?

**윤 재**  그냥 친구들끼리 있는 사소한 말다툼이었습니다.

**경 찰**  그럼 사소한 말다툼이 사인이라고 봐도 됩니까?

**윤 재**  그건…… 말 좀 해봐. 동현아.

**동 현**  …….

**경 찰**  정확한 사인을 알려면 부검을 해야 됩니다. 혹시 알아요. 누가 독살시키고…….

추배의 아버지가 유서를 경찰에게 넘긴다. 경찰은 유서를 읽어본다.

**아줌마**  (들어오며) 아이고 나 망했네. 망해. 우리 집은 화재보험 같은 거 안 들었단 말이야. 누가 보상해 줄 거야?

**경 찰**  아 가만히 좀 있어요. 뭔 말인지 모르겠네.

**아줌마**  죽으려면 좀 골라서 죽지. 왜 하필이면 주택가에서 분
신을 하냐 말이야. 불똥이 튀어도 왜 하필이면 우리 집
이야. 우리 집. 어떻게 할 거예요? 그 집이 어떤 집인데,
그 집이……

**경 찰**  자살이라고 봐야 되겠네요. 아줌마, 죽은 사람은 기소
못해요.

**아줌마**  그게 뭔 말이요?

**경 찰**  죽은 사람한테는 책임을 물을 수 없다 이 말입니다.

**아줌마**  뭐라구요? 지 아버지가 저렇게 눈을 시퍼렇게 뜨고 살
아 있는데 책임이 없다니……

**경 찰**  그러게 화재보험을 드시지.

**아줌마**  어떻게 할 거야. 어떻게 해? 나 망했네.

**아버지**  아주머니 돌아가세요. 장례 치르고 나서 연락드리겠습
니다.

**윤 재**  아버님, 그러지 않으셔도 됩니다.

**아줌마**  아이고 나 망했네. 나 망해. (나가려다가 윤재를 보며) 어디서
많이 본 사람인데…… 어디서 봤을까? 젊은이, 나 모르
겠어?

아줌마 나간다.


**경 찰**  망하긴? 집만 해도 3채가 넘는 알부자가. 큰일 날 뻔했
습니다. 딴 집으로 불이 안 번진 것만 해도 다행이죠.
바람이 많이 불었는데. 저는 그만.


경찰, 나간다. 아버지도 자리를 뜨려고 한다.


**윤 재**  어디?

**아버지**  주배 어미한테…….

**윤 재**  들어가세요. 여기 일은 우리가 알아서 하겠습니다. 어
머니라도 무사해야 할 텐데.


아버지, 나간다.


**윤 재**  동현아, 나 녹화 있어서 일찍 가봐야 하는데…….

**동 현**  나도 오늘 집에 내려가야 돼.

**윤 재**  병수 자식은 왜 이렇게 안 와?


병수 들어온다.

**윤재**   왔구나. 니가 라이터로 불장난만 안쳤어도.

**동현**   애초에 모인 게 잘못이지.

**병수**   꺼져. 안 꺼져.

**윤재**   왜 그래?

**병수**   동현아. 니가 여기에 왜 있니? 무슨 낯짝으로 여기 있
어?

**동현**   그럼 나도 죽을까? 누구에게나 선택의 자유는 있는 거
아니야?

**병수**   선택의 자유? 너 지금 선택의 자유라고 했니? 니가 어
떻게 그런 말을 할 수 있어? 그럼 삼수가 죽은 게 왜 추
배 탓이야? 이 개새끼야.


병수, 동현이를 때린다.


**진숙**   그만둬. 니들도 사람이야? 니들도 생각을 하고 반성을
하는 인간이냐구? 죽을 배짱도 없는 놈들이 어디서 행
패야? 부끄럽지도 않아?

**동현**   추배는 이미, 벌써 죽어 있었다고…….


동현이 뛰쳐 나간다.

**윤 재**   동현아!

**병 수**   그냥 둬. 그래, 어쩌면 이 모든 게 우리가 겪어야 될 혼
란인지도 몰라. 이 모든 게…….

병수와 친구들, 영정 앞으로 나간다. 병수가 대표로 향을 피운다. 향
을 돌리는데, 향꼭지가 떨어져 바닥에 떨어진다. 당황하는 사람들.
그 향꼭지를 눌러 끄고 다시 향불을 붙여 향대에 꽂는다. 일동 절을
하는데, 병수 핸드폰이 울린다. 당황하는 사람들. 병수, 절을 하고 나
오다가 신발 신는다고 한 손을 벽에 댔는데, 거기에 전원 스위치가
있어서 불이 꺼진다. 다시 불을 켜는 병수. 당황하는 사람들.

이때 거지가 들어온다.

**거 지**   하나, 하나, 하나아.

어쩔 줄 몰라 하는 이들. 거지는 손짓을 하며 뭐라고 알아들을 수 없
는 말을 관객에게 한다. 무대, 암전.

# 11

병수의 집. 저녁. 비가 온다.

인옥은 멍하게 앉아 있다. 병수가 비를 맞고 들어온다.


**병 수**  (사이) 죽는 게 뭘까?

**인 옥**  …….

**병 수**  언젠가 나도 죽겠지?

**인 옥**  …….

**병 수**  (주변을 둘러보며) 이상해 꼭 딴 집에 온 기분이야.

**인 옥**  청소했어. 마지막으로.

**병 수**  마지막으로…….

**인 옥**  (집문서를 주며) 이게 끝이야. 더 이상은 바라지마.

**병 수**  (사이, 인옥의 손을 잡으며) 우리 다시 시작하자.

**인 옥**  이러지 말아요.

**병 수**  미안해. 내가 잘못했어. 나 정말 잘해볼게.

**인 옥**  뭘?

병수의 손을 뿌리치는 인옥, 그러나 병수는 인옥을 안는다.

**병수**  가만있어. 마지막 부탁이야. (사이) 추배가 고시원 옥상
에서 분신했어. 추배가 죽었어.

**인옥**  (포옹을 풀며) 돌려줘요. 이제 필요 없잖아요.

**병수**  그래. 덤덤하게. 너무 섭섭하지 않게.

병수는 결혼 사진이 담긴 액자의 뒷면을 열고 필름을 꺼낸다.

**병수**  (필름과 결혼 사진을 번갈아 보며) 어느 게 진실이지? (웃고 있는
결혼 사진을 지적하며) 이거 애초부터 현상이 잘못된 거 아
니었나?

**인옥**  (필름을 받으며, 사이) 나 원망하지 말아요.

**병수**  내가 왜?

**인옥**  나 어떻게 해야 돼? 우리 같이 죽을까?

**병수**  그런 말 하지 마. 포기하지 마. 그 순간 삶이 시드니까,
아니 타버리니까. 약간의 선의와 상상력, 그리고 약간
의 숨돌릴 여백만 있다면 삶은 견딜 만 할 거야. 아니
풍성해 질 거야. (사이) 줄곧 나는 이미 만들어진 틀이나
제도에 기를 쓰면서 들어가려고 했던 것 같아. 체질에

맞지도 않으면서. 가정이라는 굴레도 그렇고, 고시도 그렇고. 하지만 무엇 하나 제대로 한 게 없잖아. 그래서 늘 버려진 것 같고 모자란 것 같고. 그건 나의 세계가 아닌 거지. 그저 노예의 세계일 뿐이야. 노예 주제에 욕심만 많아서 늘 우울해하고 투정만 부리고. 세계란 따로 있어 거기에 들어가야 할 곳이 아니라 만들어지는 것 같아. 시간도 만들어지는 거고 공간도 만들어지는 거고, 하여간 이제 무언가 다시 시작할 수 있을 것 같어. 너도 새로 시작할 수 있을 거야. 내 걱정은 하지 마. 요즘 벤처 사업이 유행인데, 안되면 벤처앵벌이라도 하지 뭐. 하하하. (집문서를 돌려주며) 나도 계산을 끝내야지. 짐 정리되는 대로 곧 나갈게.

**인옥**  …….

**병수**  이상해? 앵벌이가 집이 있으면 말이 안되지. 내가 말했잖아. 금방 생각이 바뀔 수도 있다고 …….

**인옥**  이러지 말아요. 절 얼마나 나쁜 여자로 만들고 싶어서 그래요. (라이터를 가져와 주며) 빨래하다가 나왔어요. 안 주머니가 터져 있었나봐요. 꼬매났어요. 그러고보니 그 빨래가 당신을 위한 마지막 빨래였네요.

**병수**  (라이터를 켜고 망연히 쳐다보며) 극-기-정-진!

인옥, 필름을 챙겨 나간다.

**병 수**  (사이) 우산 안 가지고 가요?

인옥, 잠시 멈춰섰다가 다시 걸어 나간다.
병수, 망연히 오카리나를 분다.
병수, 텔레비전을 켠다.

**소 리**  강원도 일대를 잿더미로 만든 산불은 오늘 오후부터 내린 비로 인해 완전 진화되었습니다. 앞으로도 산불예방을 위해 전국에 건조주의보를 계속 유지할 것이라는 기상청의 보도입니다.

병수, 채널을 돌린다. 개그 프로그램에서 개그맨이 김응룡 감독의 흉내를 낸다.

**병 수**  마누라도 가고 친구들도 가고 세월도 가고. 남은 건 개근가?

텔레비전을 끈다. 라이터를 켜서 담배에 불을 붙이고 깊게 길게 빤다.

**병 수**  (남아 있는 가스를 확인하며) 제길, 아직도 많이 남았어.

무대, 어두워지면서 라이터 불빛만 보인다.

커져가는 빗소리.


— 끝 —

공연예술신서 · 48

이(爾) |김태웅 희곡집 · 1

초  판  1쇄 발행일   2003년  4월 28일
개정1판  1쇄 발행일   2005년 12월 26일
개정1판 12쇄 발행일   2008년  6월  2일
개정2판  1쇄 발행일   2010년  6월 21일
개정2판  2쇄 발행일   2017년  6월 21일

지 은 이       김태웅
만 든 이       이정옥
만 든 곳       평민사
             서울시 은평구 수색로 340, 202호
             전화 : (02)375-8571(代)
             팩스 : (02)375-8573
             평민사 블로그
             http://blog.naver.com/pyung1976

등록번호       제251-2015-000102호

ISBN  978-89-7115-637-7   03800

정 가          10,000원